KB075282

조선남자
朝鮮男子
-천능의 주인-

조선남자 12권

초판1쇄 펴냄 | 2020년 09월 18일

지은이 | K.석우
발행인 | 성열관

펴낸곳 | 어울림 출판사
출판등록 / 2009년 1월 23일 제 2015-000062호
주소 / 경기도 고양시 일산동구 무궁화로 43-55, 801호 (장항동, 성우사카르타워)
TEL / 031-919-0122
FAX / 031-919-0127
E-mail / 5ullim@hanmail.net

ⓒ2020 K.석우
값 8,000원

ISBN 978-89-992-6823-6 (04810)
ISBN 978-89-992-6190-9 (SET)

※ 저자와의 협의하에 인지를 붙이지 않습니다.
※ 이 책은 어울림 출판사와 저작권자의 계약에 의해 출간되어 저작권법의 보호를 받습니다.
※ 잘못된 책은 구입하신 곳에서 교환하여 드립니다.

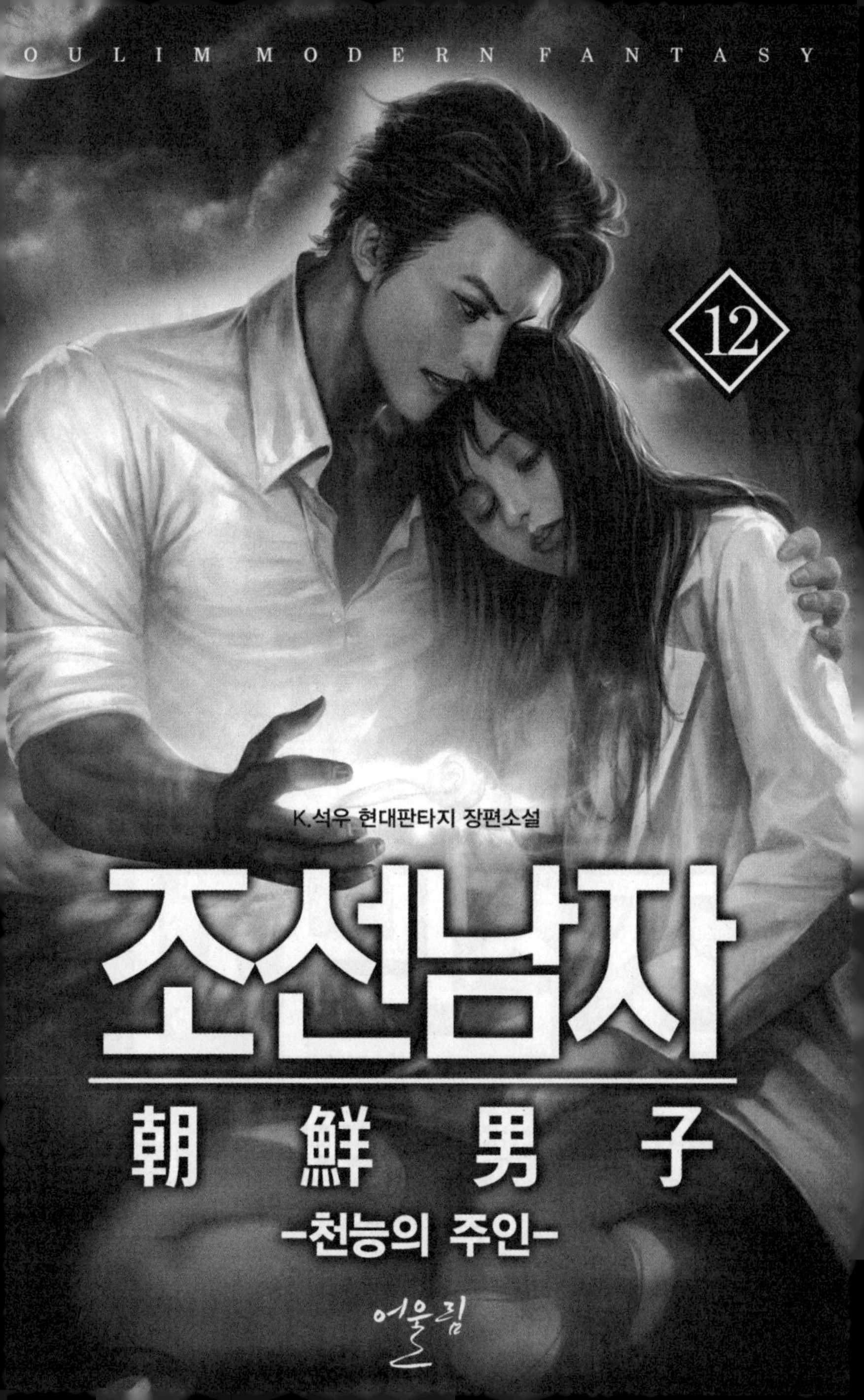
O U L I M M O D E R N F A N T A S Y
12
K.석우 현대판타지 장편소설
조선남자
朝鮮男子
-천능의 주인-
어울림

조선남자

朝鮮男子

-천능의 주인-

목차

필독

본문에 등장하는 의학용어는 가급적 현재 의학용어에 맞게 사용할 예정입니다.

다만 의료상황이나 응급상황을 묘사함은 현실의 의료상황이나 응급상황과는 다른 작가의 작품구성 상 필요에 의해 창작되었음을 알려드립니다.

또한 본문에서 언급하는 지역과 인간관계, 범죄행위, 법과 현 시대의 묘사는 현실과 관계없는 허구임을 밝힙니다.

조선남자

朝鮮男子

-천능의 주인-

킹덤

　김동하의 눈빛이 차갑게 변했다.

　클린트 루먼은 그렇지 않아도 악귀와 같은 인간이라고
생각하고 있던 김동하의 눈빛이 얼음처럼 차갑게 변하는
것을 보며 등골이 서늘해졌다.

　자신은 부하들처럼 한순간에 노인의 모습으로 변하는 것
은 면했다.

　하지만 그렇다고 해도 인간으로서 상상할 수 없는 능력
을 가진 김동하라면 또 다른 수단이 있을지 모른다는 생각
에 온몸이 떨렸다.

　김동하는 듀크 레이얼이 토마스 레이얼 회장을 제거하는

것 외에 한서영과 자신을 데려오라는 또 다른 부탁을 했다는 것을 들으며 자신의 피가 차갑게 식어가는 느낌이 들었다.

김동하가 클린트 루먼을 내려다보며 물었다.

"당신이 이곳에 처음 들어왔을 때 나는 아무렇게 처리해도 좋지만 나의 누님, 아니 아내는 조심해서 다루라고 말했던 것을 기억하나? 그 이유가 뭐지?"

한순간 클린트 루먼의 얼굴이 살짝 굳어지며 눈동자가 빠르게 회전했다.

그것은 또 다른 무언가를 계산할 때 보이는 클린트 루먼의 특징이었다.

킹덤에서도 보스인 마이클 할버레인이 지시하면 그 뒤에 추진되는 모든 전략이나 계략은 모두 클린트 루먼의 머릿속에서 꾸며진다.

선천적으로 영리한 두뇌를 가지고 있는 탓도 있지만 한편으로는 늘 차선의 음모를 머릿속에 넣어두고 계산하는 영악하고 치밀한 클린트 루먼이었다.

그런 클린트 루먼이 뭔가 신중한 계략을 꾸며낼 때면 늘 이런 표정이었다.

클린트 루먼이 입을 열었다.

"그게 아무래도 보스에게 다른 생각이 있는 것 같습니다. 듀크 레이얼이 그쪽 아내분의 사진을 보스에게 보여주자 보스가 다른 생각을 품은 것 같습니다."

클린트 루먼이 힐끗 한서영을 바라보았다.

김동하가 나직하게 물었다.

"내 아내에게 다른 생각을 품었다고?"

"그게……."

클린트 루먼의 눈알이 심하게 흔들리고 있었다.

어쩌면 지금의 자신의 말 한마디가 자신의 인생을 바꾸게 될지도 모른다는 생각과 늘 자신이 꿈꾸던 자신의 손에 킹덤이 들어올지 모른다는 생각이 들었기 때문이다.

그의 눈이 뒤룩뒤룩 굴렀다.

또다시 머릿속에 다른 생각이 떠올랐기 때문이다.

한편 듣고 있던 한서영은 김동하가 자신을 아내라고 호칭하자 얼굴이 붉게 달아올랐다.

하지만 그것이 거북하거나 듣기 싫은 것이 아니었다.

오히려 김동하가 자신을 아내라고 부르자 왠지 마음이 뿌듯해지는 느낌이었다.

마치 가파른 절벽의 끝에 서 있는 듯한 두려운 상황에서도 김동하가 자신을 듬직하게 안아주는 느낌이 들었다.

한서영이 김동하를 바라보았다.

무심한 눈으로 클린트 루먼을 내려다보고 있는 김동하의 얼굴을 보는 그녀의 맑은 눈이 반짝였다.

한편 클린트 루먼으로부터 조카인 듀크 레이얼의 추악한 계략을 모두 알게 된 토마스 레이얼 회장은 멍한 시선으로 허공을 바라보고 있었다.

한쪽에서 엉망이 된 거실을 이제는 아무짝에도 쓸모없는 노인들의 모습으로 변한 킹덤의 조직원들과 함께 청소를 하고 있던 토마스 레이얼 회장의 부인 안젤리나가 그런 남편을 발견하고 물끄러미 바라보았다.

늘 깔끔하고 세련된 모습이었던 안젤리나는 부서져 나간 거실의 석벽과 엉망으로 변한 집기들을 치우느라 얼굴에 흙먼지까지 묻어 있었다.

엄마인 안젤리나와 함께 거실을 치우던 에이미 레이얼의 모습도 그런 엄마의 모습과 별로 다른 것이 없었다.

소매를 걷어 올리고 부서져 나간 거실의 장식물들을 한쪽으로 옮기는 에이미의 가냘픈 체구가 청소에는 익숙하지 않은 듯 휘청거렸다.

엉망이 된 저택의 거실은 8명의 킹덤 요원과 능숙하게 그들을 재촉하며 빠르게 거실을 치워 나가는 집사 피터 에반스에 의해 어느 정도 어수선한 분위기는 면했다.

몇 명의 킹덤 요원들이 바닥에 흘러내린 피를 수건으로 닦아내고 있는 모습이 보였다.

클린트 루먼이 다시 머리를 돌려 김동하를 바라보았다.

그의 눈에 들어온 김동하의 눈빛은 마치 유리를 보듯 투명한 느낌이 들었다.

하지만 그런 눈빛이 너무나 섬뜩했기에 클린트 루먼의 몸이 부르르 떨렸다.

클린트 루먼이 입을 열었다.

"듀크 레이얼이 아내 분의 사진을 보스에게 보여주자 보스의 마음이 흔들린 것 같습니다."

김동하가 나직하게 물었다.

"듀크 레이얼이 아내의 사진을 가지고 있었다고?"

"예, 그자의 휴대폰 속에 아내분의 사진이 있었습니다. 그 사진을 보스가 보자 마음이 흔들린 것 같습니다."

"왜지?"

"그게……."

클린트 루먼의 입술이 살짝 떨렸다.

잠시 망설이던 클린트 루먼이 입을 열었다.

"킹덤의 보스인 마이클 할버레인은 여색을 좋아하는 것으로 유명한 사람입니다. 아마 그 때문에 부인을 온전히 데려오라고 한 것 같습니다."

"……."

김동하는 아무 말도 하지 않았다.

하지만 김동하와 함께 클린트 루먼을 바라보고 있던 한서영의 이마에 주름이 생겨났다.

한서영이 물었다.

"듀크 레이얼이 내 사진을 어떻게 가지게 된 것인지 아세요?"

한서영은 시선만 마주쳐도 벌레가 붙은 것 같은 징그러운 느낌의 듀크 레이얼이 자신도 모르는 자신의 사진을 가지고 있다는 것이 너무나 불쾌했다.

클린트 루먼이 머리를 흔들었다.

"그건 저도 모릅니다. 다만 듀크 레이얼도 보스처럼 두 분을 온전히 데려다 달라고 하더군요. 그자의 말로는……."

클린트 루먼이 두려운 표정으로 김동하를 힐끗 보았다.

왠지 김동하와 시선이 마주치면 주눅이 드는 것은 어쩔 수가 없었다.

"듀크 레이얼의 말로는 두 분을 데려오는 과정에서 이분은 죽지만 않으면 상관이 없지만 부인만큼은 반드시 온전한 모습으로 데려와 달라고 했습니다."

말을 하는 클린트 루먼의 목소리가 살짝 떨리고 있었다.

순간 클린트 루먼의 어금니가 살짝 깨물렸다.

망할 듀크 레이얼이란 인간이 착각을 해도 너무나 엄청난 착각을 한 것임을 다시 한번 느낀 것이다.

상대는 총으로도 죽일 수 없는 그야말로 초인의 능력을 가진 사람이었다.

그런 사람을 잡아오라고 부탁한 듀크 레이얼이 너무나 멍청했다는 것을 다시 실감했다.

김동하가 나직하게 입을 열었다.

"나는 목숨만 살아 있으면 상관이 없었다는 말이로군?"

클린트 루먼이 대답했다.

"그자의 입으로 들었습니다. 다만……."

잠시 말을 멈춘 클린트 루먼이 시선을 돌려 한서영을 바

라보았다.

"듀크 레이얼 그자 역시 마이클 할버레인 보스처럼 부인을 마음에 두고 있는 것 같았습니다. 자신의 입으로 부인을 자신의 여자로 만들겠다고 보스에게 말했으니까요."

한서영의 눈썹이 곤두섰다.

"그런 변태잡종 같은 자식이 뭐 어째?"

한서영의 화난 모습은 제법 매서웠다.

사람 취급도 해주기 싫은 패륜아 같은 놈이 자신을 데려오라고 한 이유가 너무나 끔찍하고 징그러웠다.

김동하가 다시 물었다.

"저택에서 토마스 회장님을 처리하고 난 후에 우리를 여기서 빼돌려 어디로 데려가려 했지?"

클린트 루먼이 어금니를 깨물었다.

"보스의 저택입니다."

"보스의 저택?"

"뉴욕 북쪽에 위치한 발할라에 있는 캔시코 호수 근처에 있는 저택이지요. 저택 가까이에 킹덤의 안가가 위치하고 있어서 킹덤으로서는 최고의 은신처라고 할 수가 있을 겁니다."

"그럼 그곳이 킹덤이라는 조직의 본거지인가?"

김동하의 목소리는 마치 평범한 대화를 나누는 듯 몹시 담담했다.

하지만 클린트 루먼은 그것이 얼마나 무서운 상황인지

잘 알고 있었다.

자신의 부하들을 한순간에 노인으로 만들어 버릴 때도 지금과 같은 어투였고 자신의 팔을 잘라낼 때도 지금처럼 너무나 담담한 목소리였다.

클린트 루먼이 입을 열었다.

"조직의 모든 간부들이 보스의 저택으로 집결하니 그 말도 틀린 것은 아니지만 실제로 우리가 호칭하는 본거지는 따로 있습니다. 바로 킹덤의 안가지요."

"그곳이 어딘가?"

"보스의 저택과는 5마일 정도 떨어진 하벅이라는 곳입니다. 그곳에 위치한 랏섬이라는 농장이 바로 킹덤의 본거지입니다."

클린트 루먼은 말하지 않아도 될 만한 것들까지 모조리 상세하게 털어놓고 있었다.

이미 그는 마음속으로 결정을 굳혔다.

다만 그가 마음속으로 결정한 것은 절대로 김동하에게 털어놓을 수 없다는 것이 문제였다.

김동하가 물었다.

"그럼 그곳에서 당신들이 우리를 데려오길 기다리고 있겠군?"

클린트 루먼이 대답했다.

"부인은 보스의 저택으로 데려가고 다, 당신은 안가로 데려가기로 했습니다."

"흠……."

김동하가 손으로 턱을 만졌다.

잠시 눈을 깜박이던 김동하가 다시 물었다.

"그 저택이라는 곳에는 누가 살지? 보스라는 자의 가족
도 함께 살고 있나?"

클린트 루먼이 눈을 깜박이며 대답했다.

"보스와 보스의 최측근들을 비롯해 경호원들이 살고 있
을 뿐입니다. 보스의 가족은 따로 살고 있습니다."

"특이하군?"

"보스와 좋지 않은 관계로 얽힌 자들이 많아서 가족들을
따로 떼어놓았습니다."

김동하가 다시 물었다.

"저택에 머물고 있는 자들의 숫자는 얼마나 되지?"

김동하의 물음에 클린트 루먼이 지체 없이 대답했다.

"보스를 제외하고 보스와 함께 저택에 상주하는 자들은
70명 전후입니다. 경호원 숫자만 40명이 넘는데 경비가
무척 삼엄하지요."

"그 안가라는 곳의 인원은?"

"오늘밤 같은 상황이면 대략 150명 정도가 대기 중일 것
입니다. 아마 이번 일을 청부한 듀크 레이얼도 그곳에 있
을 겁니다."

"그래?"

김동하의 눈이 반짝였다.

한서영은 저택의 70명과 안가의 150명이라는 말을 듣자 얼굴이 딱딱하게 굳었다.

고작 10여 명으로만 생각했던 그녀의 생각과는 달리 거의 부대 하나가 김동하와 자신을 기다리고 있다는 말로 들린 것이다.

"도, 동하야."

한서영은 가능하면 토마스 레이얼 회장의 가족을 다른 안전한 곳으로 피신시킨 후 자신들도 서둘러 한국으로 돌아가고 싶다는 생각을 떠올렸다.

혼자서 200명이 훨씬 넘는 인원을 상대하는 것은 아무리 신과 같은 능력을 가진 김동하라고 해도 절대 불가능할 것이라고 생각되었다.

더구나 오늘밤에는 절대로 다치지 않을 것 같았던 김동하가 얼굴이 찢어지는 부상을 당한 것도 그녀의 가슴을 서늘하게 만들어놓았다.

비록 지금은 상처의 흔적은 깔끔하게 사라졌다.

하지만 신과 같은 능력을 가진 김동하도 목숨이 위험할 수 있다는 사실을 알게 되자 한서영으로서는 지금의 상황이 너무나 무섭게 느껴졌다.

김동하가 한서영을 내려다보았다.

"걱정하지 마세요. 아무런 일도 생기지 않을 겁니다."

"그러지 말고 토마스 회장님은 가족과 함께 안전한 곳으로 피하시라고 하고 우린 한국으로 돌아가면 안 될까?"

김동하가 머리를 흔들었다.

"그럴 순 없습니다."

"위험하단 말이야. 한두 명도 아니고 200명이 넘는 사람들인데…….."

한서영으로서는 울고만 싶은 심정이었다.

하지만 김동하의 고집은 완고할 정도로 요지부동이었다.

김동하가 클린트 루먼을 바라보며 입을 열었다.

"당신이 말한 그곳으로 우리를 데리고 복귀하기로 예정된 시간은 언제인가?"

클린트 루먼은 자신의 심장이 벌떡이는 것을 느꼈다.

자신이 생각한 대로 이루어져 간다는 것을 직감한 것이다.

얼굴이 벌겋게 달아오른 클린트 루먼의 얼굴을 바라보는 김동하의 눈빛이 싸늘하게 빛나고 있었다.

이미 김동하는 클린트 루먼의 생각을 읽었다.

그는 김동하의 손을 빌려 킹덤의 보스인 마이클 할버레인을 제거하고 자신이 김동하의 손에서 살아남는다면 스스로 킹덤의 보스가 될 생각을 가지고 있었다.

하지만 김동하는 그런 내색을 전혀 보이지 않았다.

클린트 루먼이 대답했다.

"날이 밝기 전입니다."

"그래?"

김동하가 힐끗 거실의 한쪽에 걸려 있는 벽시계를 바라보았다.

다행히 벽시계는 거실이 난장판으로 변한 상황에서도 전혀 총탄을 맞지 않고 멀쩡하게 걸려 있었다.

벽시계의 시침과 분침이 새벽 3시 40분을 갓 지나고 있었다.

김동하가 클린트 루먼의 얼굴을 보며 나직하게 입을 열었다.

"서둘러 돌아가야 할 시간이겠군?"

"……."

"당신들의 부하들을 데려와."

김동하의 말에 클린트 루먼이 얼굴을 들었다.

"우, 우릴 돌려보내 주시는 겁니까?"

김동하가 차가운 목소리로 입을 열었다.

"같이 가기를 원하는 것이 아닌가?"

김동하의 나직한 목소리에 클린트 루먼의 몸이 흠칫했다.

마치 김동하에게 자신의 속마음이 들킨 것만 같은 느낌이었다.

한서영이 김동하의 팔을 잡았다.

"어쩌려고?"

김동하가 한서영을 보며 입을 열었다.

"유부의 계를 열 생각입니다."

"유부의 계?"

한서영은 김동하가 말하는 유부의 계가 무슨 의미인지 단번에 알아듣지 못했다.

"유부의 계가 뭔데?"

김동하가 살짝 웃으며 입을 열었다.

"속세에서는 명계라고 부르기도 하는 곳이 유부지요. 아마 한동안 명부의 신이 바빠질 겁니다."

담담하게 말하는 김동하의 표정은 부드러웠다.

한서영이 눈을 깜박였다.

"그게 무슨 말이야?"

"그곳에 기다리는 자들의 천명을 모두 회수할 것입니다. 필요하다면 살계까지 열어볼 생각이고요."

"그, 그 사람들의 천명을 모두 회수한다고?"

끄덕―.

김동하가 머리를 끄덕였다.

"예. 그리고 방금 말한 살계는 처음으로 제 손으로 사람의 명을 뺏는 것을 의미하기도 합니다."

담담하게 사람의 생명까지 뺏을 수 있다고 말하는 김동하의 눈빛은 무척이나 차가웠다.

한서영의 얼굴이 하얗게 질렸다.

김동하가 한서영을 보며 입을 열었다.

"그러니 누님은 이곳에서 제가 돌아올 때까지 기다리고 있으면……."

김동하가 말을 마치기도 전에 한서영이 뾰족하게 소리쳤다.

　"싫어. 절대로 그럴 순 없어. 동하가 죽으면 나도 죽을 테니까 그런 소리 하지 마. 동하가 어딜 간다고 해도 항상 나랑 같이 가야 해."

　한서영의 얼굴에는 단호한 표정이 떠올랐다.

　자신이 없는 곳에서 동하가 큰 변이라도 당한다면 한서영으로서는 견딜 수가 없을 것이다.

　더구나 이곳은 한국도 아닌 한국과는 수만리 떨어진 머나먼 이국땅이다.

　그런 곳에서 김동하와 떨어진다는 것은 한서영으로서는 결코 견딜 수 없는 일이었다.

　조금 전 김동하가 저택의 별채를 다녀오는 것만으로도 불안해했던 한서영이었기에 절대로 김동하의 곁에서 떨어질 생각을 하지 않았다.

　김동하도 그것을 알고 있었다.

　한서영이라면 자신이 어디를 가든 따라올 것이라고 생각했지만 한서영에게 억지로 동행을 요구하는 것보다는 그녀 스스로 자신을 따라오게 살짝 꾀를 낸 것이다.

　김동하가 그런 한서영의 반응을 예상한 듯 머리를 끄덕였다.

　"알겠습니다. 그럼 누님도 함께 가지요."

　김동하가 자신도 데려간다는 말을 하자 한서영의 얼굴이

잠시 굳어졌지만 이내 걱정스런 얼굴로 김동하를 바라보았다.

"근데 정말 괜찮겠어? 한두 명도 아니고 이 사람들처럼 총을 가진 사람들이 200명이 넘는다는 말이야."

한서영은 클린트 루먼과 케빈 와이젝이 자신과 김동하를 향해 총을 쏠 때 김동하가 자신을 안고 저택의 허공으로 날아올라 그 무시무시한 총탄세례를 피했던 것을 기억했다.

그래도 수백 명의 무장한 사람들 사이에서도 그럴 수가 있을 것인지 걱정이 되었다.

김동하가 빙긋 웃었다.

"무량기를 극성으로 익혔는데 아직 그 진기를 제대로 펴 보지 않았습니다. 하지만 오늘 밤에는 아무래도 누님까지 있으니 그것을 펼칠 수도 있을 겁니다."

"진기가 뭔데?"

"제가 익힌 해동무의 심결 중 저의 스승님께서도 태사조께서 전해주신 구결만 남겼을 뿐 그 누구도 익히지 못하고 해동무벽(海東武壁)이라는 말로만 전해지는 절기가 있습니다. 심결에 설명하기로는 무량기의 기운이 극성이 아니면 함부로 펼치지 못하고, 무량기의 성취가 극성이 아닌 9성에 다다랐다 하여도 그 미완의 기운으로만 펼칠 경우 본래 위력의 1할을 넘지 못할 것이라고 한 절기지요. 그때는 깨닫지 못하였지만 근래 저의 무량기가 극성에 이르러 그

뜻을 헤아릴 수 있게 된 것 같습니다. 아직 저도 실제로 펼쳐본 적이 없지만 합치고 나눈다는 의미의 분경까지도 가능할 것 같습니다."

김동하의 설명을 들었지만 한서영은 김동하가 무슨 말을 하는 것인지 전혀 이해가 되지 않았다.

한서영이 이해를 못한 듯 눈을 깜박이자 김동하가 한서영의 어깨를 부드럽게 안았다.

"곧 이해를 하시게 될 것이니 너무 알려고 하지 마십시오."

"……."

한서영의 얼굴은 눈에 띄게 어두워져 있었다.

김동하가 시선을 돌려 토마스 레이얼 회장을 바라보았다.

"잠시 저의 누님, 아니 아내와 함께 다녀올 곳이 있어 저택을 떠나야 할 것 같습니다."

김동하의 말에 조카 듀크 레이얼의 너무나 패륜적인 행태에 상심해 있던 토마스 레이얼 회장이 머리를 들었다.

"어, 어딜 다녀온다는 것입니까?"

토마스 레이얼은 김동하와 한서영이 저택을 떠난다는 말을 하자 놀란 얼굴로 김동하를 바라보았다.

김동하가 잠시 눈을 깜박이다가 입을 열었다.

"조선, 아니 한국의 옛 속담에 소 잃고 외양간을 치운다는 말이 있습니다. 미리 화가 될 것을 경계하지 않고 버려

두면 나중에 후회하고 경계를 해도 이미 때가 늦었다는 의미지요. 킹덤이라는 곳을 방문해 그곳을 정리해야 할 것 같습니다. 그렇게 하지 않으면 킹덤이라는 곳은 토마스 회장님에게 두고두고 근심거리로 남을 겁니다."

"아, 아니 어떻게 달랑 두 분이서 그렇게 험한 곳을 간다는 말이오? 내가 차라리 킹덤의 보스라는 사람을 만나서 타협을 해보겠소. 그가 원한다면 듀크가 약속한 400억 달러라도 지불하리다."

토마스 레이얼은 킹덤이라는 곳을 잘 알고 있었다.

그 때문에 김동하와 한서영이 킹덤으로 간다는 것에 기겁을 했다.

김동하가 고개를 저었다.

"늦지 않은 시간 안에 돌아오도록 하겠습니다. 다시 돌아올 때는 아마 회장님이나 가족 분께 걱정될 만한 일 따위는 절대로 일어나지 않을 것을 확답 받고 난 이후일 겁니다."

"닥터김."

토마스 레이얼이 창백한 얼굴로 김동하를 바라보았다.

"저택으로 다시 돌아올 때는 회장님의 조카인 듀크 레이얼도 함께 데려올 수 있을 겁니다."

순간 토마스 레이얼의 눈이 커졌다.

"저, 정말 듀크를 데려올 수 있단 말이요?"

김동하가 힐끗 클린트 루먼을 바라보았다.

"이자가 나를 속이지 않았다면 반드시 그럴 것입니다."

"……."

토마스 레이얼의 얼굴이 일그러졌다.

"그 멍청한 놈이 지놈의 애비까지 해치려고 할 줄은 몰랐소. 이럴 줄 알았다면 차라리 로빈에게 레이얼 시스템을 넘겨줄 것을 그랬소. 닥터김과 닥터한의 도움으로 이렇게 다시 살게 된 이상 그것이 없어도 우리 식구 하나쯤은 충분히 보살필 수도 있었는데……."

토마스 레이얼은 가족끼리 이런 비극적인 상황이 일어나게 된 것이 참으로 아프고 슬펐다.

비록 자신을 속이고 형수와 조카까지 벼랑으로 내 몰았던 동생 로빈 레이얼이었지만 그런 동생이 친아들인 듀크 레이얼의 손에 의해 목숨을 잃을 뻔했다는 것이 너무나 마음이 아팠다.

토마스 레이얼 회장이 엉망으로 변한 거실을 치우고 있는 킹덤의 조직원들과 김동하의 앞에서 마치 고양이 앞의 쥐처럼 궁지에 몰려 있는 모습으로 서 있는 클린트 루먼을 바라보았다.

혼자의 몸으로 무장을 하고 침입해 온 9명의 무시무시한 갱들을 너무나 처참한 모습으로 처단해 버린 김동하였다.

일신에 신의 능력을 가지고 있다는 것을 알고 있었지만 이렇게 믿어지지 않을 정도로 강한 무력까지 가지고 있을 것이라고는 생각조차 하지 못한 토마스 레이얼이었다.

"정말 괜찮겠습니까? 내키지 않는다면 돈을 내주더라도 이번 일은 이 정도로 끝내는 것이 어떻겠습니까?"

토마스 레이얼 회장은 김동하와 한서영이 무사할 수만 있다면 킹덤의 보스인 마이클 할버레인이 듀크 레이얼에게 요구한 400억불의 돈을 지불하고 싶은 심정이었다.

그렇게 된다면 레이얼 시스템의 경영권도 그렇게 욕심을 부렸던 동생인 로빈 레이얼에게 넘겨주고 자신은 아내와 딸과 함께 그들의 곁을 영원히 떠날 생각이었다.

김동하가 머리를 흔들었다.

"평생을 남을 괴롭히며 살아온 사람들입니다. 다른 사람의 생명이 귀한 것인 줄 몰랐고 내 것이 아닌 남의 것을 탐내고 뺏으며 스스로 타락한 죄업을 쌓아온 자들에게 하늘을 대신해서 그들이 가진 욕심의 대가가 얼마나 참혹한 것인지 알려줄 생각입니다. 회장님께서 걱정하시는 일은 일어나지 않을 것이니 안심하셔도 됩니다."

"차라리 경찰에게 도움을 받는 것이 좋지 않겠소?"

토마스 레이얼은 끝까지 김동하와 한서영이 저택을 떠나는 것이 걱정스러웠다.

김동하가 머리를 흔들었다.

"이자들이 여기를 몰래 들어와 함부로 패악질을 해도 그 누구 하나 저택의 문을 두드리는 사람이 없다는 것은 이들과 결탁한 자들이 있다는 것을 의미합니다. 그것은 회장님이 생각하시는 도움을 제대로 받을 수 없다는 뜻과 같습니다."

"……."

토마스 레이얼 회장의 어금니가 꾹 깨물렸다.

그 역시 뉴욕의 밤 세계를 지배하고 있는 갱조직인 킹덤이 뉴욕의 고위경찰들과 정치권 인사들이 관련된 보이지 않는 배후세력과 긴밀하게 연관되어 있다는 소문을 알고 있었다.

어쩌면 오늘밤의 이 참혹한 사태도 그들과 관련되어 있을 수 있다는 것에 절망감을 느꼈다.

김동하가 차분한 어조로 입을 열었다.

"너무 걱정하지 않으셨으면 좋겠습니다."

토마스 레이얼이 입을 열었다.

"언제쯤 돌아오실 수 있겠습니까?"

"그다지 오래 걸리진 않을 겁니다."

김동하의 목소리는 매우 담담했다.

토마스 레이얼이 잠시 김동하를 바라보다가 머리를 돌려 한창 청소를 하고 있는 집사 피터 에반스를 불렀다.

"피터."

"예! 회장님."

피터 에반스가 피를 닦아낸 수건 등을 쓰레기를 담는 포대에 담다가 급하게 달려왔다.

"무슨 일입니까?"

피터 에반스의 이마에 땀방울이 제법 송골송골 맺혀 있었다.

30

토마스 레이얼이 급하게 입을 열었다.

"이자들이 가져온 무기를 따로 챙겨놓았는가?"

이미 김동하에 의해서 완전히 무력화 된 킹덤의 조직원들이었기에 피터 에반스 집사는 그들의 소지품 중에서 무기는 따로 빼내어 한쪽에 보관했다.

할 수 있다면 무기를 몽땅 망치로 두들겨 고철로 만들어놓고 싶은 심정이었다.

하기야 모든 총기에서 실탄을 제거하여 실탄만 따로 보관하고 있었기에 이미 고철이나 상관없는 상황이었다.

피터 에반스가 머리를 끄덕였다.

"보관하고 있습니다."

"그것을 가져와 닥터김에게 넘겨드리게. 이 저택에는 쓸만한 무기가 없지만 이자들이 가져온 무기라면 조금은 도움이 될 것 같네."

토마스 레이얼 회장의 말에 피터 에반스 집사가 눈을 크게 떴다.

"예?"

피터 에반스는 김동하와 한서영이 저택을 떠나 갱조직인 킹덤으로 갈 것이라고는 전혀 생각도 하지 못하고 있었다.

그 때문에 갑작스런 토마스 레이얼 회장의 지시가 당황스러운 것이다.

듣고 있던 김동하가 머리를 흔들었다.

"아니요. 그런 것은 전혀 필요 없습니다. 쓸 줄도 모르고 알고 싶지도 않습니다."

　김동하는 킹덤의 조직원들이 사용하는 무기는 전혀 쓰고
싶은 생각이 없었다.

　이유를 알 수 없었지만 왠지 거부감이 들었기 때문이다.

　토마스 레이얼이 놀란 얼굴로 김동하를 바라보았다.

"그럼 어쩌시려고……."

　말을 하던 토마스 레이얼 회장의 앞을 김동하가 가로질
러 한쪽으로 걸어갔다.

　김동하가 걸어가서 멈춘 곳은 킹덤의 조직원들이 난사한
총탄에 위쪽의 난간부분이 부서져 나간 벽난로가 있는 곳
이었다.

　김동하가 벽난로 한쪽 옆에 세워진 검은색의 긴 쇠꼬챙
이를 집어 들었다.

　벽난로에 불을 지피고 난 후 화목의 위치를 조정해 주는
불쏘시개 같은 역할로 사용하는 쇠꼬챙이였다.

　나무로 된 손잡이가 달려 있었고 난로의 열기를 피하기
위해 손잡이 윗부분에 마치 서양의 펜싱검에서나 볼 수 있
는 반원형의 호수갑이 장식되어 있었다.

　잠시 쇠꼬챙이를 들어본 김동하가 무게를 가늠하듯 몇
번 흔들어 보았다.

　이내 만족한 듯 머리를 끄덕인 김동하가 쇠꼬챙이를 들
고 돌아왔다.

"저는 이것이면 됩니다."

토마스 레이얼 회장과 피터 에반스 집사도 놀란 얼굴로 눈을 껌벅였다.

"그걸로 싸운다는 말이오?"

"아니 그런 쇠꼬챙이로 뭘 하시려고요?"

두 사람이 놀란 표정으로 김동하를 바라보자 옆에 서 있던 클린트 루먼도 눈을 껌벅였다.

끝이 약간 뾰족한 편이긴 했지만 그것으로 찌른다면 사람의 옷조차 뚫을 수 없을 정도로 그야말로 쇠꼬챙이 그 이상도 이하도 아니었다.

한서영도 놀란 얼굴로 김동하를 바라보았다.

김동하가 무언가를 무기로 삼는 것은 한 번도 본 적이 없었고 보여주지도 않았다.

하지만 지금과 같은 상황에서 화목을 뒤적이는 쇠꼬챙이 하나를 가지고 200명이 넘는 무장한 사내들과 싸운다는 것은 한서영으로서도 기가 막힐 정도로 한심한 일이라는 생각이 들었다.

김동하가 빙긋 웃었다.

"무엇을 들었건 들고 있는 물건이 문제가 아니라 그 물건을 들고 있는 사람이 문제이지요."

말을 마친 김동하가 지름이 2cm가 갓 넘을 것 같은 쇠꼬챙이의 손잡이 윗부분을 살며시 잡았다.

손톱을 세워 엄지와 검지만으로 쇠꼬챙이의 몸체를 집은 김동하가 마치 쇠꼬챙이에 묻은 그을음을 벗겨내듯 양 손톱으로 긁었다.

　김동하는 자신의 오른손에 무량기의 기운을 극성으로 끌어올렸다.

　지금까지는 단 한 번도 해보지 않은 운기였지만 왠지 지금은 자신이 마음먹은 대로 될 것만 같은 생각에 머릿속에 떠올린 대로 긁어나갔다.

　까드드드득—

　김동하의 두 손톱 사이에서 기묘한 소리가 터져 나왔다.

　"엇."

　"헙."

　토마스 레이얼과 집사 피터 에반스의 입에서 헛바람소리가 터져 나온 것도 동시였다.

　그들의 눈에 지름이 2cm가 넘는 둥근 원형의 쇠꼬챙이가 얇게 펴지고 있는 것이 들어왔다.

　조금 전까지는 무기라고 할 수도 없는 쇠꼬챙이가 김동하의 엄지와 검지가 스쳐가는 순간 마치 진흙으로 만들어 놓은 흙 반죽이 펴지는 듯 두께 5mm 정도에 폭이 5cm가 넘어가는 새하얀 은색의 검형으로 변했다.

　그런 김동하를 바라보고 있는 클린트 루먼의 입술이 덜덜 떨리고 있었다.

　"세상에……."

　클린트 루먼의 눈에 비친 김동하는 사람이 아닌 판타지 영화에서나 볼 수 있을 것 같은 초인의 모습이었다.

한서영도 놀란 얼굴로 김동하를 바라보았다.

한서영은 김동하에게 인간으로서는 상상도 할 수 없는 힘이 숨어 있다는 것을 알고 있었지만 이렇게 쇠까지 마음대로 주무를 것이라곤 예상하지 못했다.

이내 김동하의 검지와 엄지 사이에서 한번 눌러진 화목용 쇠꼬챙이는 단단한 검처럼 변했다.

잠시 자신의 손에서 모습이 변한 쇠꼬챙이를 바라보던 김동하가 나직하게 중얼거렸다.

"외형은 이 정도면 쓸 만한데 날이 있어야 할 것 같군 그래."

혼잣말로 중얼거린 김동하가 쇠꼬챙이의 아랫부분에 다시 엄지와 검지의 손톱을 세워 눌렀다.

이번에는 전혀 다른 소리가 들렸다.

쩌저저저저정—.

김동하의 검지와 엄지의 손톱이 긁고 지나가는 부분에서 마치 쇠가 깎여 나가는 소리와 같은 기묘한 소리가 흘러나왔다.

아무도 입을 열지 못했다.

청소를 하고 있던 킹덤의 조직원들도 일손을 멈춘 채 창백하게 질린 얼굴로 김동하의 손을 바라보고 있었다.

한쪽에서 벽에 묻은 먼지를 닦아 내고 있던 안젤리나와 에이미 레이얼도 놀란 얼굴로 김동하를 바라보았다.

이내 김동하의 손에서 벽난로의 화목을 뒤집던 쇠꼬챙이

하나가 말 그대로 예리한 예기를 머금은 하나의 검으로 변했다.

김동하가 자신의 손에서 탄생한 검을 살짝 흔들어 보았다.

무게와 균형이 자신의 마음에 든 모양인지 김동하의 입가에 살짝 미소가 흘렀다.

김동하의 손에 검이 들려진 것은 김동하가 천공불진을 열기 전 스승인 해원스님과 함께 인왕산의 암자에서 수련을 하던 당시를 제외하곤 처음이었다.

그런 김동하를 바라보는 토마스 레이얼과 피터 에반스는 마치 귀신을 본 듯 하얗게 질린 얼굴이었다.

더구나 바로 옆에서 김동하의 괴력을 지켜본 클린트 루먼은 온몸의 털이라는 털은 다 곤두서는 느낌이었다.

"어, 어떻게 인간이……."

인간의 몸은 생명의 원천인 심장에서 뿜어져 나오는 피와 부드러운 피부와 근육 그리고 그것을 지탱해 주는 그보다 딱딱한 골격으로 이루어져 있었다.

그 때문에 무기와 연장을 사용하지 않을 경우 자연계에서는 그야말로 나약하기 짝이 없는 연약한 존재가 바로 인간이라고 할 수가 있었다.

다만 수련으로 몸의 근력을 강화하고 반복된 훈련으로 몸의 균형을 조화롭게 조절하는 것은 가능했다.

하지만 그뿐이다.

일정한 한계에 이르면 인간은 더 이상의 진화는 불가능하게 애초부터 만들어져 있는 것이다.

그렇지 않았다면 인간은 그 특유의 생존력과 원초적인 삶의 본능 때문에 생태계에서 최강자의 위치에 올랐을 것이다.

하지만 그것은 불가능했고 그 차이점을 무기를 비롯해 도구나 연장을 사용하는 것으로 극복하게 되었다.

하지만 지금의 김동하는 자연이 태초에 정해놓은 규율을 무시하고 초월적인 인간으로 변해 있었다.

클린트 루먼의 몸이 덜덜 떨렸다.

저런 인간을 고작 9명이 상대하려고 했다는 것에 스스로 처절한 자괴감을 느끼고 있었다.

김동하가 새롭게 변신한 화목용 쇠꼬챙이(?)를 들고 빙긋 웃으며 토마스 레이얼 회장을 바라보았다.

"저는 이것이면 됩니다."

"······."

토마스 레이얼이 아무 말도 하지 못하고 김동하를 바라보았다.

그의 눈빛이 흔들리고 있었다.

무슨 말을 할 수도 없고 나오지도 않는다.

김동하가 집사인 피터 에반스를 바라보며 입을 열었다.

"이자의 무리들을 한곳으로 모아주십시오."

피터 에반스가 눈을 껌벅였다.

"어, 어쩌시려고요?"

피터 에반스는 김동하가 킹덤으로 갈 것이라는 사실은 전혀 알지 못했다.

토마스 레이얼 회장이 이야기를 해주지 않았기 때문이다.

김동하가 대답했다.

"킹덤이라는 곳으로 갈 겁니다."

"어, 어떻게……."

피터 에반스 집사의 눈이 껌벅였다.

좀 전에 그야말로 말도 되지 않는 황당한 상황을 보았지만 그것과는 별개로 김동하가 킹덤으로 간다는 말에 입이 쩍 벌어졌다.

하지만 토마스 레이얼 회장이 머리를 끄덕이며 김동하의 지시를 시행하라는 신호를 보내자 몸을 돌려 명한 표정으로 서 있는 킹덤의 요원들에게 돌아갔다.

청소를 하고 있던 킹덤의 요원들의 얼굴은 마치 혼이 빠진 듯한 명한 얼굴이었다.

김동하가 한서영을 돌아보며 입을 열었다.

"누님도 킹덤으로 갈려면 준비를 해야 할 것 같은데요."

한서영의 눈이 커졌다.

"아!"

한서영은 그제야 자신이 에이미 레이얼이 건네준 얇은 실크잠옷차림이었다는 것을 알아차렸다.

이런 차림으로 외출을 한다면 그야말로 미친년 소리를 듣기에 딱 좋을 것이다.

한서영이 2층의 게스트 룸으로 다급하게 달려갔다.

토마스 레이얼이 물었다.

"정말 그곳엘 갈 셈이오?"

김동하가 빙긋 웃었다.

"걱정하실까봐 무기까지 준비를 했습니다. 별일 없이 돌아올 것이니 안심하시고 기다려 주시면 됩니다."

토마스 레이얼이 잠시 눈을 깜박이며 김동하를 바라보다가 입을 열었다.

"행여 그곳에서 위험한 상황이 닥친다면 무조건 돌아오시오. 닥터김이나 닥터한이 위험을 무릅쓰고 그들과 상대할 필요는 없으니까 말입니다. 그리고 이번 일은 못난 조카놈의 멍청하고 미련한 욕심 때문에 벌어진 일인데 닥터김이나 닥터한 두 분이서 이런 곤욕을 치러야 된다는 것이 참으로 민망하고 미안한 일이라 무슨 말도 할 수가 없구려."

토마스 레이얼의 얼굴에 진심으로 미안해하는 표정이 떠올랐다.

김동하가 부드러운 표정으로 토마스 레이얼 회장을 바라보았다.

"심려하지 않으셔도 됩니다. 꼭 돌아올 테니 말입니다."

"두 분이 돌아오지 않는다면 나는 한국에 계시는 한사장

님을 뵐 면목이 없을 겁니다. 두 분 덕분에 다시 살아난 것
도 고마운데 이런 이국땅에서 위험에 처하게 만들었으니
내가 입이 열 개라도 할 말이 없을 거요."

토마스 레이얼의 목소리에는 근심이 가득했다.

그가 다시 머리를 들어 김동하를 바라보았다.

"만약 닥터김과 닥터한이 이번 일을 제대로 해결해 주신
다면 평생 이 토마스는 두 분을 은인으로 생각하며 살겠
소. 이건 다시 살게 된 내가 내 목숨을 걸고 하는 유일한 약
속입니다."

김동하가 빙그레 웃었다.

"잘 알겠습니다."

그때 게스트 룸으로 올라갔던 한서영이 돌아왔다.

청바지에 하얀색의 티셔츠를 걸치고 위에는 얇은 바람막
이용 점퍼를 걸친 간편한 모습이었다.

발에는 운동화까지 신고 있었다.

한국에서 미국으로 올 때 가지고 온 가방 속에 들어 있던
옷 중에서 손에 잡히는 대로 꺼내 입은 한서영이었다.

한서영의 손에는 아무것도 들려 있지 않았고 지갑조차
보이지 않았다.

김동하는 그런 한서영의 복장이 마음에 들었는지 표정이
밝았다.

그때 집사인 피터 에반스가 다가왔다.

"다 모았습니다."

집사의 말에 김동하가 머리를 돌리자 거실의 입구 쪽에 킹덤의 요원들이 딱딱하게 굳은 얼굴로 서 있는 것이 보였다.

김동하가 머리를 끄덕였다.

"수고하셨습니다."

"그냥 이자들만 돌려보내시면 안 되시겠습니까? 이자들은……."

피터 에반스가 어두운 안색으로 말하자 김동하가 말을 잘랐다.

"누군가는 해야 할 일이고 매듭을 짓지 않으면 끝이 나지 않을 일입니다. 걱정해 주시는 것은 고맙지만 이제부터는 제가 알아서 하도록 하지요."

"……."

피터 에반스가 머리를 흔들며 물러섰다.

김동하가 토마스 레이얼 회장을 바라보며 입을 열었다.

"그럼 다녀오겠습니다."

"알겠습니다. 하지만 내가 말한 대로 위험한 상황이 되면 바로 돌아오십시오."

"그러지요."

김동하가 시선을 돌려 클린트 루먼을 바라보았다.

"이제 당신이 말한 곳으로 안내하도록 해. 뭐 엉뚱하게 다른 곳으로 안내해도 좋지만 그럴 경우 당신은 진짜 살면서 느끼는 고통이 얼마나 힘든 것인지 제대로 실감하게 될 거야."

클린트 루먼이 머리를 흔들었다.

"소, 속이다니요. 절대로 그럴 일은 없을 겁니다."

이미 김동하가 단 두 개의 손가락만으로 화목용 쇠꼬챙이를 검으로 만드는 것을 본 클린트 루먼이었다.

이제는 김동하가 앉아서 개처럼 짖으라는 지시를 내린다고 해도 거부할 마음조차 없어졌다.

아마 그의 목에 개 목줄처럼 목줄을 걸고 가자고 해도 감지덕지 따라 나설 판이었다.

클린트 루먼이 거실의 입구로 향했다.

노인의 모습으로 변한 5명의 부하들과 아예 폐인으로 변해버린 에릭마쉬와 존 잭슨을 비롯하여 마지막으로 잡혀온 게릿 주피거가 멍한 얼굴로 클린트 루먼과 김동하 그리고 김동하의 곁에서 발걸음을 옮기고 있는 한서영을 바라보고 있었다.

그들의 가까이 다가선 클린트 루먼이 입을 열었다.

"발할라로 돌아간다."

평소와는 달리 힘이 빠진 목소리였다.

사내들이 대답했다.

"알겠습니다."

대답을 하는 사내들의 얼굴에도 힘이 빠져 있었다.

특히 노인의 모습으로 변한 사내들이 클린트 루먼에게 이마를 숙이며 대답하는 것을 영문을 모르는 사람들이 보았다면 곤혹스럽게 보일수도 있는 장면이었다.

이내 사내들이 앞장서서 거실을 나섰다.

김동하와 한서영이 잠시 거실의 안쪽을 바라보았다.

토마스 레이얼 회장과 피터 에반스 집사가 굳은 표정으로 두 사람을 바라보고 있는 것이 보였다.

그때 엄마인 안젤리나와 함께 엉망이 되어버린 거실을 청소하고 있던 에이미 레이얼이 김동하와 한서영이 거실을 나서는 것을 보며 다급하게 다가왔다.

"아빠. 닥터김과 닥터한이 어딜 가시는 거예요?"

안젤리나도 놀란 얼굴로 다가왔다.

"이게 어떻게 된 거예요? 저분들은 또 어딜 가시는 거고요?"

아내와 딸의 물음에 토마스 레이얼이 어금니를 꾸욱 깨물며 입을 열었다.

"킹덤의 보스를 만나기 위해서 가시는 거야. 곧 돌아오실 것이라고 했으니 별일은 없을 거야."

"뭐라고요?"

"네?"

안젤리나와 에이미가 놀란 얼굴로 눈을 치켜떴다.

토마스 레이얼 회장이 잠시 아내와 딸의 얼굴을 보다가 입을 열었다.

"오늘밤 벌어진 일에 대해 당신과 에이미에게 설명할 것이 있어."

토마스 레이얼은 오늘밤 저택에서 벌어진 참혹한 사태에

조카인 듀크 레이얼이 배후에 있었다는 것을 아내와 딸에게 설명해야 한다고 생각했다.

토마스 레이얼이 머리를 돌려 피터 에반스 집사를 보며 입을 열었다.

"피터. 별채로 가서 식구들을 깨우게. 날이 밝는 대로 저택을 수선하려면 제대로 정리를 하는 것이 먼저니 미안하지만 별채의 식구들에게 도움을 청해야 할 것 같군."

피터 에반스가 머리를 숙였다.

"알겠습니다."

"알고 있다면 모르지만 오늘밤의 일을 별채의 식구들이 모르고 있다면 굳이 말해줄 필요는 없을 거야."

피터 에반스가 대답했다.

"아마 알고 있을 겁니다. 보안설비를 담당하는 별채의 요한슨이나 체드가 지금까지 반응이 없다는 것은 그들에게 무슨 일이 생긴 것이 분명하니까요."

저택의 야간보안설비를 담당하고 있는 두 사람은 절대로 별채에 위치한 보안실을 떠나지 않는다.

야간 보안임무는 그들의 임무였고 단 한 번도 근무를 게을리 한 적이 없는 사람들이었다.

그런 그들이 지금까지 본채로 달려오지 않는다면 그들에게 문제가 생겼다는 것을 의미했다.

"…그렇군."

토마스 레이얼이 머리를 끄덕였다.

잠시 무언가를 생각하는 듯 눈을 깜박이던 토마스 레이얼이 다시 입을 열었다.

"그럼 저택에서 일어난 일에 대해서 절대로 함구시키고 청소에만 신경 쓰도록 하게."

"알겠습니다."

이내 저택의 본채 입구 쪽으로 걸음을 옮기는 피터 에반스의 발걸음은 무겁게 느껴졌다.

고요한 뉴저지 스톤힐의 언덕 위에 위치한 레이얼가의 저택에서 새벽에 벌어진 참혹한 소동은 새벽의 서늘한 한기와 함께 어둠 속으로 잠겨들고 있었다.

조선남자

朝鮮男子

-천능의 주인-

두억시니(夜叉)

부우우우우웅.

부우우웅―

한 대의 닷지 승합차와 뒤따르고 있는 일본산 캠리 승용
차에서 거친 엔진음이 토해지고 있었다.

두 대의 승용차는 포오트리에서 허드슨강을 건너 맨해튼
으로 들어서서 북쪽으로 향했다

이른 새벽시간이었기에 거리에는 인적이 드물었다.

두 대의 승용차는 그 덕분에 속도를 한껏 올렸다.

킹덤의 안가로 향하는 김동하와 한서영을 태운 차였다.

김동하와 한서영은 클린트 루먼과 함께 뒤쪽의 캠리 승

용차에 타고 있었다.

먼저 캠리 승용차를 타고 레이얼가의 저택으로 찾아왔던 에릭마쉬와 존 잭슨은 폐인이 된 몸으로 앞쪽의 닷지 승합 차에 짐짝처럼 실려서 뉴욕의 북쪽으로 향하고 있는 중이 었다.

두 대의 차량은 맨해튼 북쪽 잰트럴 파크로를 북상하여 그린빌을 지나고 있는 중이었다.

20분 정도 더 북상하면 허드슨강과 롱아일랜드 해협의 중간에 위치한 캔시코 호수에 도착하게 된다.

운전기사는 저택에서 돌아 나온 클린트 루먼과 킹덤의 요원들의 모습이 기괴하게 변해 있는 것을 보았지만 정작 클린트 루먼은 아무 말도 하지 않았다.

때문에 조수석에 앉아서 앞을 바라보고 있는 클린트 루먼의 얼굴을 힐끗거리고 있었다.

캠리보다 앞쪽에서 달리고 있는 닷지승합차에는 총 8명 의 인원이 탑승해 있었지만 그들은 도망갈 생각도 하지 않 았다.

조직원들이 진을 치고 있는 킹덤의 본거지인 하벅의 랏 섬으로 향하고 있다는 것도 있었지만 그보다 더 큰 이유가 있었다.

김동하가 도망을 치지 않고 순순히 킹덤의 본거지로 안 내할 경우 다시 예전의 모습을 돌려받을 수 있는 기회를 줄지도 모른다는 말에 도망칠 마음이 싹 사라졌다.

두 대의 차량이 그린빌을 지나자 뒤쪽 캠리의 조수석에 앉은 클린트 루먼이 머리를 돌려 입을 열었다.

　"앞으로 15분 정도 더 달리면 보스의 저택이 있는 발할라에 도착할 겁니다. 안가로 가는 차량은 앞차에 탄 클레이튼이 지시하도록 되어 있습니다."

　김동하가 잠시 생각하다가 입을 열었다.

　"그 보스라는 사람을 안가라는 곳으로 불러낼 수 있나? 저택과 안가 두 곳을 방문하는 것도 나쁘진 않지만 한곳에서 한꺼번에 일을 처리하는 것이 덜 거추장스러울 것 같군."

　클린트 루먼이 눈을 깜박이다가 입을 열었다.

　"해보겠습니다."

　"안가로 오라고 해. 피치 못할 사정이 생겨서 저택으로 가지 못하고 안가로 간다고 하고 말이야."

　"알겠습니다."

　클린트 루먼은 이제 완전히 김동하의 심복처럼 변했다.

　클린트 루먼은 김동하의 눈에서 벗어나는 순간 자신은 죽은 목숨이라고 생각하고 있었다.

　그 때문에 절대로 김동하를 속일 엄두가 나지 않았다.

　더구나 김동하의 눈치가 너무나 비상하다는 것을 알게 되었고 김동하와 동행하고 있는 한서영 역시 그 미모만큼 눈치가 빠른 여자라는 것을 알게 되었다.

　클린트 루먼이 운전을 하고 있는 사내를 바라보며 입을

열었다.

"내 전화기는?"

"글로버박스에 들어 있습니다."

작전을 나갈 때는 만약을 대비해서 전화기의 사용은 엄격하게 금하고 오직 무전기만 사용하도록 되어 있었다.

그 때문에 레이얼가의 저택으로 침입하게 전에 자신의 전화기를 차에 두고 내렸고 그것을 운전기사가 글로버 박스에 넣어두었다.

클린트 루먼이 글로버 박스를 열었다.

그러자 안쪽에 세 대의 전화기가 들어 있었다.

에릭마쉬와 존 잭슨의 전화기와 클린트 루먼의 전화기였다.

클린트 루먼이 자신의 전화기를 찾아들고 익숙하게 버튼을 눌렀다.

클린트 루먼이 전화를 하는 것을 본 운전기사가 입을 열었다.

"보스께 전화를 하시는 것이면 저택의 침실전화기로 거셔야 할 겁니다."

클린트 루먼이 미간을 좁혔다.

"알고 있어. 넌 운전이나 똑바로 해."

클린트 루먼은 잘려나간 오른팔을 윗도리의 가슴 쪽으로 찔러 넣고 있었기에 운전기사는 클린트 루먼의 팔이 잘린 것조차 모르고 있었다.

더구나 팔이 잘렸다면 고통스러워해야 정상이었지만 클린트 루먼의 얼굴 어디에도 고통스러워하는 표정은 보이지 않았다.

다만 익숙하지 않게 왼손 하나만으로 불편하게 전화를 하는 클린트 루먼의 모습을 보며 한마디 거들었을 뿐이었다.

운전기사가 입맛을 다셨다.

"알겠습니다."

"들었겠지만 보스의 저택으로 가지 않고 하벅으로 간다. 랏섬에 간다는 말이야."

"예!"

운전기사가 긴장한 표정으로 대답했다.

이내 전화기의 버튼을 모두 누른 클린트 루먼이 왼손으로 전화기를 들어 귀로 가져갔다.

전화기의 발신음이 울렸다.

클린트 루먼이 눈에 힘을 주고 앞쪽을 바라보았다.

캠리의 운전석 앞쪽 한가운데서 깜박이고 있는 디지털시계의 숫자가 새벽 4시 20분을 알리는 것이 보였다.

띠리리리릿—

띠리리리릿—

몇 번의 신호가 길게 이어졌지만 아무도 전화를 받지 않았다.

클린트 루먼이 건 전화는 킹덤의 보스인 마이클 할버레

인의 침실 전화번호였다.

하지만 신호가 몇 번이나 울려도 마이클 할버레인은 전화를 받지 않고 있었다.

잠시 전화를 끊었다가 다시 재송신 버튼을 눌렀다.

또다시 발신음이 흘렀다.

띠리리리릿—

띠리리리릿—

또다시 몇 번의 전화음이 울리더니 곧 묵직한 목소리가 들렸다.

—뭐야?

잠기운이 가득 담겨 있는 굵은 남자의 목소리였다.

클린트 루먼이 어금니를 깨물었다.

"접니다 보스. 루먼입니다."

—클린트? 일은 어떻게 되었어? 일을 마무리하고 도착했나? 도착했으면 들어오면 되지 웬 전화질이야?

마이클 할버레인의 목소리에는 짜증이 묻어나왔다.

클린트 루먼이 힐끗 머리를 돌려 김동하의 얼굴을 살폈다.

"일은 제대로 마쳤지만 예상하지 못한 일이 생겼습니다. 아무래도 보스께서 농장으로 오셔야 할 것 같습니다."

—뭐?

"급한 일입니다 보스."

—무슨 일인지 설명해봐 클린트. 내 잠을 깨운 이유를 설

명하라는 말이다.

클린트 루먼이 핑계거리를 위해 눈알을 돌리다가 힐끗 한서영을 보고 입을 열었다.

"여자에게 문제가 생겼습니다. 남자도 문제고요."

—그게 무슨 문제인지 먼저 말해.

클린트 루먼이 이를 악물었다.

잠시 눈을 굴리며 생각하던 클린트 루먼이 입을 열었다.

"여자가 예상하지 못하게 칼을 가지고 있었습니다. 남자와 떨어질 경우 스스로 죽겠다고 합니다. 어떻게 할까요?"

—그럼 남자놈도 함께 저택으로 데려와.

"그럴 수가 없습니다."

—다른 문제가 있나?

"남자가 싸우다 지금 총에 맞았는데 생명이 위독합니다. 보스도 아시다시피 응급용 치료를 할 수 있는 도구는 농장에 있으니 저택으로 갈 경우 남자가 위험할 겁니다. 그때는 여자도 같이 죽겠다고 하는데……."

말을 하는 클린트 루먼의 이마에 땀이 고였다.

거짓말을 해서 둘러대야 하지만 그 거짓말의 대상이 김동하와 한서영이었기에 자꾸 두 사람의 눈치까지 살펴야 했다.

김동하와 한서영은 그런 클린트 루먼을 재밌다는 표정으

로 바라보고 있었다.

특히 한서영은 클린트 루먼이 자신과 김동하의 애정을 너무나 기막힌 연출로 꾸며대는 것이 우스웠다.

지금의 상황이 마땅히 웃을 상황은 아니었지만 클린트 루먼이 만들어내는 상황이 그녀를 웃기게 만들었다.

클린트 루먼의 귀로 약간 짜증이 섞인 마이클 할버레인의 목소리가 들려왔다.

—그런 것도 하나 제대로 처리하지 못하나?

조직의 이인자이면서도 사사건건 자신의 지시를 받아야 하는 클린트 루먼의 행동에 살짝 화가 난 마이클 할버레인이었다.

클린트 루먼의 어금니가 깨물어졌다.

"그럼 저의 독단적인 결정으로 처리해도 됩니까?"

이미 구겨질 대로 구겨진 클린트 루먼의 자존심이 튀어나왔다.

클린트 루먼의 말에 잠시 마이클 할버레인의 목소리가 끊어졌다.

침묵하던 마이클 할버레인의 목소리가 다시 들렸다.

—토마스 레이얼 회장의 저택에서 무슨 문제가 있었나?

"그런 건 없습니다. 이대로 농장으로 갈 것이니 보스께서 그렇게 알고 계시면 됩니다. 그리고……."

말을 하던 클린트 루먼이 힐끗 김동하를 돌아보았다.

그의 두 눈에 물끄러미 자신을 바라보고 있는 김동하의

얼굴이 들어왔다.

클린트 루먼이 입술을 살짝 깨물며 머리를 돌렸다.

"보스께서 농장으로 오시면 보스께 꼭 소개시켜 줄 사람도 있습니다. 아마 보스도 그 사람을 만나게 되면 무척 놀라실 겁니다."

김동하의 손에서 죽다가 살아난 클린트 루먼이었다.

자신 혼자 김동하에게 당하는 것보다는 보스인 마이클 할버레인도 김동하가 어떤 사람인지 겪어 보게 만들고 싶은 클린트 루먼의 얄팍한 계산이었다.

마이클 할버레인의 약간 놀라는 듯한 목소리가 들렸다.

—나에게 소개시켜줄 사람이 있다고? 그게 누구지?

"말로서 설명하긴 곤란하니 직접 보스께서 보시는 것이 좋을 것 같군요."

—훗, 클린트. 제법 컸군 그래. 조직에서 나름 나를 빼고 이인자의 행세를 하더니 간덩이가 부어버린 모양이군?

마이클 할버레인은 평소와는 달리 제법 까칠하게 느껴지는 클린트 루먼의 말에 나직한 실소를 터트렸다.

하지만 클린트 루먼의 얼굴은 전혀 변화가 없었다.

"시간을 지체하기 힘드니 이대로 농장으로 가겠습니다. 그곳에서 보스를 기다리지요."

—날 꼭 농장으로 불러내는 의도가 따로 있는 것인가?

평소에도 의심이 많은 마이클 할버레인이었기에 자신의

지시를 거역하고 농장으로 향하는 클린트 루먼의 행동에 혹시나 다른 의도가 숨어 있는 것인지 미리 짚어보는 것이다.

클린트 루먼이 입술을 실룩였다.

"그건 보스께서 보시고 판단하시면 될 것입니다. 그럼 저는 농장으로 가겠습니다."

─알겠네. 귀찮긴 하지만 내가 농장으로 가지. 대신 토미와 해리, 서들튼, 파오치치와 루카스까지 전부 농장으로 오라고 전하게. 아니 그럴 필요 없이 내가 직접 통보하는 것이 좋겠군. 새벽 6시까지 도착할 것이니 믹서만 점검해 두게.

마이클 할버레인이 말한 자들은 킹덤의 중간보드들로서 킹덤의 이인자라고 자부하고 있는 클린트 루먼의 자리를 호시탐탐 노리고 있는 자들이었다.

그들은 저마다 뉴욕에 흩어진 킹덤의 각 구역을 맡고 있었다.

마이클 할버레인의 명령이라면 백악관이라도 공격할 만큼 맹목적으로 충성을 하는 나름 마이클 할버레인의 심복들이었다.

클린트 루먼이 마이클 할버레인에게 반기를 든다고 해도 그런 심복들 때문에 결코 쉽지 않은 일이었다.

또한 마이클 할버레인이 방금 언급한 믹서라는 것은 킹덤의 배신자나 반역자를 처단하기 위한 처형기인 폐목 분쇄기를 뜻한다.

만약 농장에서 행여 자신을 배신할 경우 폐목분쇄기에 넣어서 아예 흔적조차 찾아내지 못하게 만든다는 나름 섬뜩한 경고라고 할 수가 있었다.

클린트 루먼이 어금니를 깨물었다.

"알겠습니다."

딸칵.

전화가 끊어졌다.

클린트 루먼이 자신의 전화기를 힐끗 내려다보다가 머리를 돌려 김동하를 바라보았다.

"말씀하신 대로 보스가 농장으로 올 겁니다."

김동하가 머리를 끄덕였다.

"들었어."

김동하는 클린트 루먼이 전화로 킹덤의 보스인 마이클 할버레인과 통화를 하는 내용을 모두 듣고 있었다.

김동하가 담담한 표정으로 클린트 루먼을 보며 입을 열었다.

"그 보스라는 자가 의심이 많은 모양이군?"

클린트 루먼이 힐끗 운전을 하고 있는 부하를 바라보았다.

캠리를 운전하는 부하의 얼굴은 딱딱하게 굳어 있었지만 시선은 농장으로 향하는 길에 고정되어 있었다.

앞쪽의 닷지 승합차는 이미 농장으로 향하는 길목으로 접어들고 있었기에 바짝 붙어서 뒤따르고 있었다.

클린트 루먼이 침을 삼키며 입을 열었다.

"평소에도 20명 이상의 경호원들을 자신의 주변에 배치하고 있는 사람이 마이클 할버레인입니다. 자신의 계산과 다른 상황이 벌어지면 의심부터 하는 것이 특징이지요. 지금도 킹덤의 모든 중간보스들을 모두 농장으로 소환했습니다."

김동하가 머리를 끄덕였다.

"킹덤이라는 곳의 인원은 모두 얼마나 되지?"

클린트 루먼이 바로 대답했다.

"뉴욕 전역에 약 50개의 사업장이 흩어져 있습니다. 각 사업장마다 많게는 30여 명 적게는 10여 명의 인원들로 구성되어 있는데 하부 조직원들까지 전부 합치면 400명이 훨씬 넘을 것입니다."

"상당하군."

"대부분 킹덤에 반기를 들었던 타조직을 흡수하거나 그쪽에서 활동하던 자들이 킹덤으로 들어온 것입니다. 하지만 그들을 관리하는 중간보스들은 보스인 마이클 할버레인이 직접 지명해서 파견합니다."

클린트 루먼은 신과 같은 능력을 가진 김동하에게 아예 처음부터 속일 생각을 하지 않고 있는 그대로 털어놓았다.

캠리를 운전하고 있는 부하는 그런 클린트 루먼의 행동이 매우 이상했지만 함부로 질문을 하거나 의심을 한다는

표정을 지을 수가 없었다.

킹덤의 내부에서도 냉정하고 치밀하다고 알려진 클린트 루먼이었기에 자신의 행동이 자신의 운명을 바꿀 수도 있다는 것을 알고 있었기 때문이다.

김동하가 잠시 눈을 깜박였다.

400명이라면 상당한 조직원이었다.

그들 대부분이 총과 같은 무기를 가지고 있다면 옆에 있는 한서영이 위험해질 수도 있다는 생각이 들었다.

김동하가 물었다.

"그들 전부가 그 농장이라는 곳으로 집결하나?"

클린트 루먼이 대답했다.

"그들 중 보스인 마이클 할버레인에게 최측근의 심복으로 인정받고 있는 자들이 10여 명 정도 되는데 아마 그들이 모두 농장으로 올 것 같습니다."

김동하가 살짝 굳은 얼굴로 물었다.

"그들의 인원은?"

"적게는 200명, 많게는 300명 내외입니다. 현재 농장에 머물고 있는 조직원들이 100명 정도일 것이고, 보스의 호출로 농장으로 오게 될 자들이 자신들의 수하들을 몽땅 데려온다면 300명이 넘을 것입니다."

클린트 루먼은 의심과 경계심이 많은 마이클 할버레인이 자신의 최측근들을 모두 소집한다면 200명이 훨씬 넘는 인원이 농장으로 집결할 것이라고 판단했다.

농장에 그렇게 많은 인원이 소집되는 경우는 그다지 많지 않았다.

킹덤의 사업처를 각 중간보스들에게 새로 배분하거나 마이클 할버레인의 소집명령으로 킹덤의 중간보스들과 긴급회의를 진행할 경우를 비롯.

소득배분, 배신자처형, 사업영역확장, 타조직과의 전쟁상황 등.

킹덤에 중요한 일이 발생했을 경우에만 소집된다.

지금과 같은 상황에서는 킹덤의 모든 조직원들이 소집되기는 힘들 것이다.

그러나 조직의 이인자인 클린트 루먼의 행동에 의심을 느낀 마이클 할버레인이 자신의 측근을 소집했다면 상당수의 조직원들이 농장으로 집결하게 된다.

킹덤의 중간보스들은 거의 맹목적으로 보스인 마이클 할버레인에게 충성을 다하는 자들로 뽑힌다.

마이클 할버레인의 눈 밖에 날 경우 폐목분쇄기의 제물이 되거나 쥐도 새도 모르게 허드슨강의 강바닥에서 물고기의 밥이 되어야 하기 때문이다.

그만큼 마이클 할버레인의 킹덤에서의 위치는 제왕적인 위엄을 가지고 있다고 할 수 있다.

부우우우우웅

앞쪽에서 달리는 닷지 승합차가 속도를 올리자 캠리도 빠르게 속도를 올렸다.

잠시 후면 캔시코 호수로 들어서는 갈림길이 나온다.

갈림길에서 호수를 끼고 오른쪽으로 돌아나가면 얼마 후 킹덤의 안가라고 알려진 하벅의 농장 랏섬이 나올 것이다.

주변에 인가가 없고 오직 랏섬 농장만 위치하고 있는 곳이었다.

대낮에도 제법 음침한 곳으로 알려졌기에 외부인의 출입은 거의 없었다.

두 대의 차량이 어둠 속에서 라이트를 밝히고 캔시코 호수에 비친 달빛을 따라 질주하고 있었다.

잠시 후.

두 대의 차량이 호수가 옆의 잡목 숲을 지나자 이내 넓은 개활지가 드러났다.

어둠 속이었지만 넓은 개활지의 한가운데 나무로 만들어진 목책이 보였고 목책의 한가운데 아치형의 제법 큰 입구가 모습을 드러냈다.

호수와 닿아 있는 방향에는 목조로 만들어진 긴 계류장이 호수의 안쪽으로 길게 연결되어 있었고, 반대쪽은 가축의 방목장으로 보이는 나무로 만들어진 축양장이 보였다.

안쪽에는 불이 켜진 목조건물이 보였고 목조건물의 앞쪽에는 수십 대의 차량이 한쪽에 나란히 주차되어 있었다.

밤이 늦은 새벽이었지만 목조건물의 이곳저곳에서는 불빛이 밖으로 새어나왔다.

목조건물의 앞쪽 입구에도 환하게 불이 켜졌다.

두 대의 차량이 속도를 줄이기 시작했다.

끼익—

끽—

앞서서 달리던 닷지 승합차가 목책의 한가운데 서 있는 아치형의 입구 쪽에 멈추어 섰다.

라이트를 밝히고 있는 닷지 승합차의 라이트 불빛 속에서 자욱한 흙먼지가 피어오르는 것이 보였다.

닷지 승합차에서 누군가 재빨리 뛰어내려 아치형의 입구를 가로막고 있는 목책의 나무난간을 한쪽으로 돌려서 밀었다.

10m가 넘어 보이는 긴 통나무로 만들어진 나무 난간은 빈약하게 보였다.

그러나 이곳이 킹덤의 본거지와 같은 곳이라는 것을 알고 있는 사람은 이 나무 난간이 빈약하다고 하지는 못할 것이다.

나무 난간은 한 개뿐이었기에 반대쪽으로 돌려놓는 것은 어렵지 않았다.

캠리의 차량에 앉아 있던 김동하의 시선이 나무로 만들어진 아치형의 난간 위쪽을 향했다.

어둠 속이었지만 아치형의 나무 난간에 흰색의 양철 간

판 하나가 걸려 있는 것이 보였다.

[LOT SOM FARM]

킹덤의 본거지와 같은 랏섬 농장이 바로 이곳이었다.

목책 안쪽의 농장건물은 모두 3개였지만 불이 켜진 곳은 오직 가운데 위치한 검은색의 목조건물뿐이었다.

다른 곳은 얼핏 보아도 말이나 소를 가두는 축사와 같았고 다른 곳은 창고처럼 보였다.

다만 축사나 창고 모두가 생각보다는 크고 높다는 생각이 들었다.

이내 농장으로 들어가는 나무 난간을 치운 닷지가 다시 움직였다.

뒤이어 캠리도 움직이기 시작했다.

이내 안으로 들어선 닷지와 캠리가 차들이 주차되어 있는 공간으로 들어서서 빈 공간에 차를 세웠다.

캠리에 앉은 클린트 루먼이 머리를 돌려 김동하를 바라보았다.

어떻게 할 것인지 물어보는 시선이었다.

김동하의 지시로 농장으로 왔지만 이곳 농장에만 킹덤의 조직원들 100명 정도가 대기하고 있을 것이다.

킹덤이 새로 생산지로 확보한 아시아의 골든트라이앵글에서 들여온 마약을 소포장으로 나누어 포장하는 작업을 마친 후 킹덤의 하부조직으로 내보내는 작업이 이곳에서 이루어진다.

기존의 콜롬비아나 페루, 볼리비아에서 확보한 헤로인은 타조직과의 경쟁이 심해져서 마이클 할버레인이 아예 거래처를 아시아 쪽으로 옮겨 새롭게 확보한 헤로인 생산 거점이었다.

　그 때문에 헤로인을 분배하기 위한 작업을 위해서 늘 농장에는 조직원 100명 정도가 상주를 하고 있었다.

　그런 상황에서 농장의 안으로 들어간다는 것은 아무리 가공할 정도로 놀라운 힘을 가진 김동하라도 부담스러운 것이라고 생각한 클린트 루먼이었다.

　그때였다.

　지금까지 아무런 말도 하지 않고 있던 캠리를 운전하던 부하가 입을 열었다.

　"클린트, 왜 그런 노랭이 원숭이한테 그렇게 쩔쩔 매시는 겁니까? 정말 이상합니다."

　킹덤의 이인자라고 알려진 클린트 루먼이 레이얼가의 저택에서 나올 때부터 김동하의 눈치를 살피던 것이 이상했던 그가 참지 못하고 클린트 루먼에게 물었다.

　그는 클린트 루먼이 레이얼가의 저택에서 겪은 그 황당하고 경악스러운 장면을 보지 못했기에 지금의 상황이 이해가 되지 않았다.

　하지만 클린트 루먼은 이곳에 비록 100명이 넘는 킹덤의 조직원들이 있다고 해도 김동하를 건드리지 못할 것이라고 확신했다.

그야말로 김동하가 신의 힘을 가지고 있는 것을 본 클린트 루먼이었다.

클린트 루먼이 운전을 하던 부하를 바라보다가 머리를 흔들었다.

그의 눈빛이 싸늘하게 변했다.

"네 입을 찢어버리기 전에 입조심해라 로튼."

"……."

로튼이라 불린 사내가 입을 닫고 살짝 시선을 돌렸다.

그의 얼굴에 불만 섞인 표정이 가득 떠올라 있었다.

하지만 상대는 킹덤의 이인자라고 알려진 매그넘의 클린트였다.

말 한마디 잘못 할 경우 자신의 머리에 리볼버 총알이 박힐 수도 있다는 것을 너무나 잘 알고 있는 그였다.

그때였다.

김동하가 입을 열었다.

"듀크 레이얼이 이곳에 있나?"

클린트 루먼이 머리를 끄덕였다.

"그렇습니다. 이곳에서 기다리고 있을 것입니다."

김동하가 담담한 얼굴로 입을 열었다.

"그럼 안으로 들어가지."

김동하가 농가로 들어간다는 말을 하자 클린트 루먼의 입이 살짝 벌어졌다.

아무리 몸에 인간으로서는 상상도 할 수 없는 엄청난 힘이 숨겨져 있다고 해도 이렇게 아무렇지 않게 근 100명이 넘는 조직원들이 득실대는 곳으로 들어가겠다는 말을 담담하게 말하는 김동하가 참으로 신비하게 느껴졌다.

"알겠습니다."

클린트 루먼이 머리를 숙였다.

김동하의 옆에 앉아 있던 한서영이 물었다.

"정말 괜찮겠어?"

김동하가 빙긋 웃었다.

"물론입니다."

한서영은 한눈에 보아도 위압감이 느껴지는 농장의 모습을 보며 불안한 마음은 어쩔 수 없었다.

비록 김동하의 몸에 신의 권능이 숨겨져 있다곤 하지만 정작 김동하 본인이 당할 경우 그 신의 능력을 펼칠 수도 없을 것이라는 생각이 들었기 때문이다.

하지만 그렇다고 해도 김동하와 떨어지는 것은 절대로 용인할 수 없는 한서영이었다.

클린트 루먼이 힐끗 앞쪽에 멈춰선 닷지 승합차를 바라보았다.

닷지 승합차에는 김동하에게 천명을 회수당한 부하들 다섯 명과 걸레처럼 망가진 부하들이 타고 있었다.

그들을 어떻게 처리해야 할 것인지 난감했다.

한순간에 노인의 모습으로 변한 부하들을 다른 조직원들이 본다면 절대로 그들을 자신들의 동료로 인정하지 않을

것은 뻔했다.

지금까지 캠리를 운전해 온 로튼이라는 사내조차도 아직 그들을 제대로 보지 못했으니 이해를 할 수가 없을 것이다.

딸칵—

김동하가 캠리의 뒷좌석 문을 열었다.

김동하가 차에서 내려서자 차갑게 식혀진 캔시코 호수의 습기를 머금은 공기가 느껴졌다.

캔시코 호수의 물비린내가 새벽공기와 섞여 사위를 채우고 있었다.

김동하가 내려서자 한서영이 약간 경계하는 시선으로 차에서 내려 김동하의 팔짱을 꼈다.

클린트 루먼도 차에서 내려 김동하를 돌아보았다.

김동하는 전혀 경계하는 모습도 아니었고 그야말로 마치 새벽산책을 나온 듯 몹시도 담담했다.

차에서 내린 순간 목조로 만들어진 농가에서 남자들의 웃음소리가 들려왔다.

클린트 루먼이 힐끗 앞쪽에 세워진 닷지 승합차를 향해 걸어갔다.

그때 닷지 승합차의 차 문이 열리면서 휘청거리는 검은 그림자들이 차에서 내려섰다.

그것을 보자 클린트 루먼의 표정이 굳어졌다.

김동하에게 천명을 회수당해 버렸기에 지금은 80대의

노인으로 변해 버린 부하들이었다.

그런 부하들이 기묘한 모습으로 변해버린 에릭마쉬와 존 잭슨을 부축하며 차에서 내려서고 있었다.

클린트 루먼이 그들에게 다가서며 입을 열었다.

"너희들은 창고로 가서 쉬고 있어."

클린트 루먼의 말에 머리칼이 온통 하얗게 새어버린 검은 피부를 가진 노인이 클린트 루먼을 바라보았다.

김동하에게 천명을 뺏긴 채 노인으로 변한 클레이튼 위티드였다.

"우, 우린 어떻게 되는 것입니까?"

클레이튼 위티드는 한순간에 참혹하게 변한 자신들의 모습에 이미 삶의 의욕을 잃은 눈빛이었다.

클린트 루먼이 어금니를 악물었다.

"저택에서 너희들도 경험해 보았겠지만 지금 우리들의 힘으로 저 사람을 어떻게 할 수 있는 방법이 없어."

클린트 루먼의 목소리에는 힘이 빠져 있었다.

그가 힐끗 웃음소리가 들리는 농장의 건물을 바라보았다.

"저 안에 있는 부하들이라고 해도 결과는 마찬가지가 될 것이라는 생각이 들어."

클레이튼 위티드가 노쇠한 목소리로 입을 열었다.

"저 안에 우리 조직원 100명이 넘게 버티고 있습니다. 설마 그 인원으로도 막을 수 없다는 생각이십니까?"

클레이튼 위티드는 다시 자신의 젊음을 찾을 수만 있다면 목숨이라도 걸 수 있을 것 같았다.

클레이튼 위티드가 어금니를 깨물었다.

"난 이대로 당할 수는 없습니다. 이대로 다시 돌아가지 못한다면 죽는 게 나을 겁니다."

클린트 루먼이 물었다.

"그래서 어쩌려고?"

클레이튼 위티드가 한서영과 함께 서 있는 김동하를 바라보았다.

농장의 목조건물에서 흘러나오는 불빛을 받으며 가만히 서 있는 김동하의 모습은 그야말로 너무나 차분했다.

클레이튼 위티드가 머리를 흔들었다.

"이대로 내 모든 것을 잃어버릴 수는 없습니다. 원래대로 돌아가지 못한다면 저자와 함께 죽을 것입니다. 어차피 이 모습으로 살아간다면 얼마 버틸 수도 없을 것 같으니… 그리고 클린트는 저자의 손에 당하지 않았으니 아예 변절해서 저자의 편에 선 모양인 것 같군요. 마이클 보스가 보면 가만있지 않을 겁니다."

클레이튼 위티드는 김동하에게 킹덤이 감추고 있던 비밀을 모두 털어놓는 것을 보며 클린트 루먼이 변절자라고 생각했다.

킹덤에서 변절자라는 것은 그야말로 사형선고를 받는 것과 같은 의미였다.

비록 킹덤의 제 이인자의 자리에 있는 클린트 루먼이라고 하지만 변절자라는 것이 밝혀진다면 그것은 아무런 의미가 없을 것이다.

마이클 할버레인의 성격으로는 변절자라면 그 대상이 누구든 절대로 용서하지 않는다는 것을 너무나 잘 알고 있었기 때문이다.

클린트 루먼의 얼굴이 굳어졌다.

"내가 변절자라고?"

클레이튼 위티드가 주름으로 가득 덮인 눈으로 클린트 루먼을 바라보았다.

"그럼 아닙니까?"

클린트 루먼이 머리를 흔들었다.

"난 변절한 것이 아니라 저자를 이길 수 있는 방법이 없다고 생각했을 뿐이야. 저자는 신의 능력을 가졌다는 말이다. 총으로도 죽일 수 없고 힘으로도 저자를 견제할 수가 없다고 판단했어. 자네들이 쏘아댄 그 기관총의 세례에도 머리털 하나 건드리지 못했던 것이 저 사람이야. 그게 무언지 모르지만 인간으로서는 절대로 불가능한 일이었어."

"그래서 저자를 도우는 것입니까?"

"그게 아니라 신의 힘을 가진 저자의 손에서 살아남을 방도를 생각했을 뿐이야. 그리고 이곳으로 오면서 느낀 것인데 저자에게서 그렇게 차가운 감정은 느끼지 못했어. 어쩌

면 자네들도 다시 원래대로 돌아갈 수 있는 희망이 있을지 모른다는 의미지."

순간 클레이튼 위티드와 천명을 회수당한 다른 부하들이 놀란 눈으로 클린트 루먼을 바라보았다.

"우, 우리를 다시 회복시켜 준다고요?"

클린트 루먼이 머리를 흔들었다.

"그건 확신하지 못하겠지만 적어도 우리가 저자를 속이지만 않는다면 약간의 희망이 있을 것이라고 생각해. 더구나……."

잠시 말을 멈춘 클린트 루먼이 눈을 깜박이다가 입을 열었다.

"지금까지 우리가 충성해온 킹덤의 사정이 달라질지도 모른다는 생각이 들었어. 알고 있겠지만 지금까지 킹덤으로 얻어진 모든 이익은 고스란히 마이클 할버레인 보스의 손에 들어갔다. 내가 비록 킹덤의 이인자라고 하지만 나 역시 보스인 마이클 할버레인이 축적한 개인자금의 규모는 정확하게 알지 못해. 하지만 만약 마이클 할버레인이 저 사람의 손에 당하게 된다면 지금까지의 킹덤의 역사가 바뀔지도 몰라. 지금까지와는 달리 공평해진다는 의미다."

클린트 루먼의 말은 묘한 뉘앙스를 풍기고 있었다.

클레이튼 위티드가 멍한 얼굴로 클린트 루먼을 바라보았다.

그때 조직원의 부축을 받고 서 있던 존 잭슨이 눈을 치켜 떴다.

"크, 클린트 보스를 배신할 생각이요?"

김동하에 의해서 입이 절반이나 쪼개진 존 잭슨은 김동하가 임시방편으로 상처를 봉합해 놓았기에 발음이 약간 어색하긴 했지만 말은 할 수가 있었다.

존 잭슨은 아직도 보스인 마이클 할버레인이 이곳에 도착한다면 김동하에게 잔혹한 복수를 할 수 있을 것이라고 생각했다.

클린트 루먼이 힐끗 존 잭슨을 바라보았다.

190cm가 넘는 드럼통 같은 그의 체구가 이제는 그의 170cm도 되지 않을 단구의 몸으로 변해 있었다.

하지만 그럼에도 그의 상체는 우악스러울 정도로 비대해서 그 모습이 몹시도 기괴했다.

클린트 루먼이 존 잭슨을 바라보며 입을 열었다.

"존, 자네는 아직도 마이클 할버레인을 옹호하는군?"

존 잭슨이 이를 갈았다.

"킹덤의 보스는 마이클 할버레인 보스뿐이오. 전에도 그랬고 앞으로도 그럴 것이오."

클린트 루먼이 씁쓸하게 웃었다.

"그런가? 존 자네는 마이클 할버레인이 듀크 레이얼에게 받아낼 400억불을 독차지할 생각을 가지고 있었다는 사실을 모르고 있었던 것 같군. 그 돈만 챙기고 마이클 할

버레인은 몰래 사라질 생각이었어. 사실 그게 배신이고 변절이 아닐까? 난 마이클 할버레인이 돈을 챙긴 후 보스의 자리에서 물러서면 킹덤의 분위기를 바꿀 생각을 가지고 있었지. 레이얼가의 저택에서 저 사람을 만난 이후에도 같은 생각이었어. 하지만 지금은 내 생각이 바뀌었어. 뜬금없이 들리겠지만 자네들 모두 여기가 어딘지 한번 생각해 보겠나?"

클린트 루먼의 말에 모두의 눈이 치켜떠졌다.

마이클 할버레인이 레이얼 시스템의 토마스 레이얼 회장을 제거한 대가로 듀크 레이얼에게서 받아낼 400억불의 돈을 혼자서 독차지할 것이라곤 누구도 생각하지 못했던 사실이었다.

하지만 지금 클린트 루먼의 입에서 흘러나온 말에 모두가 감전이 된 듯 정신이 번쩍 들었다.

클린트 루먼이 다시 입을 열었다.

"여긴 실제로 킹덤의 근거지와 같은 랏섬이지. 자네들이나 나 역시 이곳이 어떤 곳인지 너무나 잘 알고 있어. 변절자들에게는 그야말로 벗어날 수 없는 무덤과 같은 곳이 바로 이곳이야. 하지만 저 사람은 이곳으로 오는 도중에 단 한 번도 경계를 하거나 두려움을 가지지 않았어. 옆에 자신이 보호해야 할 여자가 있음에도 전혀 그런 모습은 보이지 않았어. 그게 무슨 의미인지 알겠나?"

"……."

"저자에게는 이곳이 전혀 두려운 곳이 아니라는 뜻이라는 의미지. 알겠는가? 이곳에 킹덤의 조직원 수백 명이 도사리고 있다고 해도 저 사람에게는 이곳이 전혀 위협의 대상이 안 된다는 뜻이란 말이다. 모르고 있었겠지만 이곳으로 오는 도중에 저자의 지시로 이곳으로 보스를 불렀다. 애초의 계획대로라면 내가 저 사람과 함께 있는 여자를 데리고 마이클 할버레인 보스의 저택으로 갔어야 했지만 그 계획이 바뀌었어. 그래서 모두 이곳으로 오게 된 것이다."

닷지 승합차에 타고 있던 부하들의 표정이 바뀌었다.

클린트 루먼의 말이 사실이라면 상당한 충격이었다.

"저, 저자의 지시로 보스를 이곳으로 불렀다는 말이오?"

존 잭슨이 놀란 얼굴로 클린트 루먼을 바라보았다.

클린트 루먼이 머리를 끄덕였다.

"그래. 아마 보스의 친위세력까지 모두 소집될 것이니 조만간 이곳은 킹덤의 조직원 수백 명이 들이닥칠 것이다. 하지만 그래도 내 생각에는 저 사람을 제거할 수 없을 거야."

클린트 루먼의 목소리는 낮게 가라앉아 있었다.

존 잭슨이 어금니를 깨물었다.

"보스가 정말 이곳으로 온다는 말이오?"

"틀림없이."

으득.

존 잭슨이 이를 부러질 듯 깨물며 이를 가는 소리가 들렸다.

보스가 400억불을 독차지할 생각을 했다는 것도 놀랍지만 그런 사실을 조직원 들 중 아무도 모르고 있었다는 것이 분했다.

그때 클레이튼 위티드가 입을 열었다.

"그럼 클린트는 저자와 함께 보스에게 대항할 생각이시오?"

"그렇게 생각하나?"

"뭐 어쨌든 상관없지. 이래 죽으나 저래 죽으나 죽는 건 변함이 없으니 다시 한번 제대로 붙어볼 생각이오. 이곳이라면 적어도 저택에서처럼 그렇게 허무하게 당할 것 같지는 않으니까. 뭐 이젠 돈도 그다지 중요하지 않다고 생각이 드니 보스가 우릴 속였다고 해도 별로 억울하지도 않소."

이곳 농장에는 킹덤의 조직원들이 100명 넘게 버티고 있는 상황이었다.

그들이 이 사실을 안다면 상황은 저택과는 달리 호락호락하지는 않을 것이라고 생각한 클레이튼 위티드였다.

클린트 루먼이 잠시 놀란 얼굴로 클레이튼 위티드의 얼굴을 바라보았다.

클레이튼 위티드의 뒤쪽에 서 있던 다른 조직원들도 굳은 표정으로 입을 열었다.

"우리도 클레이튼과 같은 생각입니다. 어차피 이 모습으로 죽어야 한다면 최소한 우리를 이렇게 만든 저자에게도 상실감이 무언지 알려주어야 한다고 생각합니다."

클레이튼 위티드처럼 천명을 회수당한 부하들은 모두가 같은 마음이었다.

부하들에게 부축을 받고 서 있는 에릭 마쉬와 존 잭슨이 창백한 얼굴로 클린트 루먼을 바라보고 있었다.

비록 말을 하지 않았지만 그들 역시 클레이튼 위티드와 천명을 회수당한 다른 부하들과 같은 마음을 가진 듯했다.

하긴 지금의 이 모습으로 남은 세상을 살아간다는 것은 그들에게는 절망뿐일 것은 당연했다.

클린트 루먼이 입을 열었다.

"자네들 모두 저 사람의 능력을 보고 직접 경험했으면서도 같은 생각을 가진 것인가?"

클레이튼 위티드와 함께 천명을 회수당한 브랜드 맥도너가 머리를 흔들었다.

"선택의 여지가 없지 않습니까? 이런 모습으로 남은 인생을 살아가야 한다면 그게 지옥일 겁니다. 돌아갈 곳도 없고 이루어야 할 목표도 이젠 없습니다. 그냥 이 모습으로 죽는 게 싫을 뿐입니다."

브랜드 맥도너의 목소리는 무척이나 허탈한 느낌이었다.

그때였다.

"당신들이 이런 모습으로 변한 것이 내 탓이라는 생각을 하고 있는가?"

나직한 목소리였다.

모두의 시선이 클린트 루먼의 뒤쪽에 서 있는 김동하와 한서영을 향했다.

언제 이곳으로 다가온 것인지 김동하와 한서영은 그들의 대화가 모두 들릴 정도로 가까운 거리까지 접근해 있었다.

김동하의 능력이라면 그들이 1km 이상 떨어져서 대화를 한다고 해도 모두 알아들을 수 있다.

그러나 클린트 루먼과 다른 부하들은 그런 사실은 미처 짐작조차 하지 못하고 있었다.

클레이튼 위티드가 어금니를 깨물며 김동하를 바라보았다.

"이 모습으로 살아가는 것은 차라리 죽는 것만도 못하니까 최소한 당신에게 한 번이라도 반항은 하고 죽을 생각이오."

클레이튼 위티드는 이제 자신이 죽게 될 것임을 의심하지 않았다.

김동하가 그런 그들을 물끄러미 바라보다 입을 열었다.

"아직도 정신을 차리지 못한 것 같군."

김동하의 눈 속 깊은 곳에서 신비한 푸른 불꽃이 확 피어올랐다.

그것을 본 클레이튼 위티드와 다른 사내들의 얼굴이 딱

딱하게 굳었다.

김동하가 힐끗 주변을 돌아보며 입을 열었다.

"아마 날이 밝으면 이곳은 이제 당신들의 기억 속에서 영원히 사라질 곳으로 변하게 될 거야."

김동하의 말은 너무나 차갑고 냉정했다.

김동하는 랏섬 농장의 주변에서 피어오르고 있는 진한 죽음의 향기를 느끼고 있었다.

이 정도의 악취라면 적어도 이곳에서 수백 명의 인명이 사라졌거나 희생되었다는 것을 의미한다는 것을 너무나 잘 알고 있는 김동하였다.

클레이튼 위티드가 어금니를 깨물며 김동하를 바라보았다.

김동하에게 천명을 뺏겼다고 하지만 그럼에도 주름으로 가득한 눈꺼풀에 덮인 그의 눈빛이 매서웠다.

그때였다.

농장의 목조건물 문이 벌컥 열리며 몇 명의 사내들이 목조건물에서 걸어 나왔다.

"클린트!"

건물에서 걸어 나오는 사내가 건물 앞쪽의 주차장에 서 있는 클린트 루먼을 보며 고함을 쳤다.

클린트 루먼이 머리를 돌렸다.

목조건물에서 나오고 있는 사내는 이곳 랏섬에서 헤로인의 포장과 공급을 분배하는 킹덤의 중간보스 리오넬이라

는 자였다.

평생을 헤로인 제조와 마약 판매상으로 살아왔다고 알려진 리오넬 헤이든이었다.

킹덤에서 공급하는 모든 헤로인은 리오넬 헤이든의 손에 의해서 뉴욕 전역으로 공급이 된다.

각자의 구역을 맡고 있는 중간보스들과는 달리 리오넬 헤이든은 오직 이곳 랏섬에서 마약의 공급만 책임지는 역할이었다.

또한 킹덤의 보스 마이클 할버레인에게 중간보스로서는 특별할 정도로 신임을 받고 있는 자였다.

그도 그럴 것이 랏섬에서 공급되는 마약의 거래양만 년 1억불이 넘는 양이었다.

리오넬 헤이든이 조금이라도 장난을 칠 경우 엄청난 돈이 보스 몰래 그의 손에 들어갈 수도 있다.

그런 그가 지금 클린트 루먼을 찾아 밖으로 나오고 있었다.

리오넬 헤이든의 옆에는 자동소총으로 무장한 두 명의 사내들이 그를 따랐다.

이쪽으로 다가오는 리오넬 헤이든의 양쪽 옆구리에 채워진 홀스터에는 두 정의 베레타 자동권총이 끼워져 있었다.

리오넬 헤이든의 뒤쪽에서 앞쪽을 경계하듯 총구를 앞쪽으로 향하고 있는 자들의 손에 들린 총은 개머리판을 제거한 fn—fal 자동소총이었다.

어둠 속이었지만 검은색의 총신이 농장의 건물에서 흘러
나온 불빛을 받아 섬뜩하게 번들거렸다.

리오넬 헤이든은 농장의 주차장에 서 있는 클린트 루먼
의 일행을 발견하고 성큼 걸어왔다.

"여기서 뭐하시는 겁니까? 방금 보스에게서 연락이 와
서 클린트가 도착했는지 확인해 보라고 하시던데……."

말을 하는 리오넬 헤이든이 눈을 희번덕거리며 힐끗 주
변을 둘러보았다.

그의 미간이 좁혀졌다.

"이건 뭡니까?"

리오넬 헤이든은 80살 이상으로 보이는 노인들이 근처
에 서 있자 표정을 찌푸렸다.

그가 시선을 돌리다가 이내 킹덤의 부하들의 부축을 받
고 힘겹게 서 있는 존 잭슨을 발견했다.

"엇?"

리오넬 헤이든은 단번에 존 잭슨을 알아보았다.

비록 다리가 잘리고 얼굴이 뭉개진 탓에 예전의 그 모습
과는 상당히 달라졌지만 틀림없는 존 잭슨이라는 것을 알
아본 것이다.

"존, 존 맞지?"

리오넬 헤이든의 눈이 커졌다.

존 잭슨이 희미하게 웃었다.

"맞아. 나 존이야. 헤이든."

존 잭슨의 말에 리오넬 헤이든이 눈을 껌벅이며 만신창이로 변해버린 존 잭슨을 바라보았다.

"이, 이게 어떻게 된거야? 누가 자넬 이렇게 만들었나?"

리오넬 헤이든은 맨손으로 곰이라도 때려눕힐 것 같은 존 잭슨이 이렇게 변했다는 것이 믿어지지 않는 듯이 존 잭슨의 모습을 이리저리 살펴보고 있었다.

존 잭슨이 힐끗 김동하를 바라보았다.

김동하는 담담한 표정이었다.

존 잭슨은 자신을 이렇게 만든 사람이 이곳에 서 있는 동양인 사내라는 것을 차마 말할 수가 없었다.

킹덤의 조직원들 사이에서도 블러드 머신이라고 불릴 정도로 엄청난 괴력을 지닌 존 잭슨이었다.

자존심이 세지만 보스인 마이클 할버레인의 각별한 신임을 받을 정도로 맹목적인 충성심을 가진 존 잭슨이었다.

그런 존 잭슨이 빈약해(?) 보이는 동양인 사내의 손에 이런 모습으로 변하게 된 것이라고 털어놓는 것은 마지막 남은 그의 자존심이 허락하지 않았다.

더구나 지금은 보스인 마이클 할버레인의 추악한 이기심에 배신감까지 느끼고 있는 존 잭슨이었다.

존 잭슨이 힐끗 김동하를 바라보다 입을 열었다.

"그럴 일이 있었어. 내 실수였지."

존 잭슨은 김동하를 얕본 자신의 실수를 처절하게 후회하고 있었다.

리오넬 헤이든이 입을 벌리면서 다시 한번 주변을 둘러보았다.

그의 눈빛이 흔들리고 있었다.

다른 동료의 부축을 받고 서 있는 키다리 에릭마쉬까지 그의 눈에 들어왔다.

"에릭까지… 이게 뭔가? 어디서 전쟁이라도 벌이다가 온 것인가? 그깟 눈감고도 처리할 수 있는 노인네의 저택에서 무슨 일이 있었던 것인가?"

리오넬 헤이든은 클린트 루먼의 심복과 같은 에릭마쉬까지 폐인의 모습으로 변한 것에 놀라움을 감추지 못했다.

그의 눈에 검은색의 위장복을 입은 다섯 명의 노인들의 모습이 들어왔다.

"이 늙은이들은 또 뭐지? 뭐가 어떻게 돌아가는 거야?"

그는 자신이 바라보고 있는 다섯 명의 노인들이 김동하의 손에 의해 천명을 회수당한 킹덤의 동료들이라곤 전혀 짐작조차 하지 못했다.

클레이튼 위티드와 함께 노인으로 변해버린 다섯 명의 킹덤 조직원들이 어금니를 깨물었다.

동료인 리오넬 헤이든이 자신들을 알아보지 못할 정도로 변했다는 것을 절감하면서 동시에 절망감으로 머릿속이 아득한 느낌이 들었기 때문이다.

그때였다.

클린트 루먼이 리오넬 헤이든을 보며 입을 열었다.

"보스가 연락을 했던가?"

리오넬 헤이든이 클린트 루먼의 얼굴을 바라보았다.

"클린트가 도착한 것을 확인하라고 했습니다."

"그래?"

클린트 루먼의 눈이 번득였다.

리오넬 헤이든이 힐끗 클린트 루먼을 바라보며 다시 입을 열었다.

"그리고 보스가 도착할 때까지 클린트가 이곳을 떠나지 못하게 하라고 하셨지요."

"……."

클린트 루먼의 입가에 쓸쓸한 미소가 피어올랐다.

자신을 이곳으로 불러내면서 보스인 자신에게 무례한 행동을 했던 것을 염두에 두고 있다는 증거였다.

클린트 루먼이 머리를 끄덕였다.

"떠날 생각도 없고 떠나고 싶지도 않아 리오넬."

클린트 루먼이 담담한 표정으로 말하자 리오넬 헤이든이 굳은 표정으로 클린트 루먼을 바라보았다.

"그래서 하는 말인데… 보스께서 클린트의 무장을 해제시켜 놓으라고 하시더군요. 보스께서 왜 그런 지시를 내린 것인지 모르지만 일단 클린트의 무장을 해제하도록 하겠습니다. 총 내놓으시지요."

매그넘의 클린트라 불리는 클린트 루먼의 품에 항상 그가 애용하는 리볼버가 숨겨져 있다는 것을 너무나 잘 알고 있는 리오넬 헤이든이었다.

클린트 루먼이 피식 웃었다.

"내 총까지 뺏으라고 지시했던가?"

킹덤의 이인자로 인정받고 있던 클린트 루먼이었다.

그는 보스인 마이클 할버레인의 최측근이라고 할 수 있었다.

경호원들의 견제 없이 총을 소유한 채로 보스 마이클 할버레인을 면담할 수 있는 몇 명 되지 않는 킹덤의 거물급 보스가 바로 클린트 루먼이었다.

그런 클린트 루먼의 총을 뺏는다는 것은 마이클 할버레인이 이미 클린트 루먼에 대한 신임을 철회했다는 것을 의미했다.

리오넬 헤이든이 머리를 끄덕였다.

"보스의 지십니다. 응하지 않는다면 미키와 욤이 클린트에게 무례한 행동을 할지도 모릅니다."

리오넬 헤이든이 자신의 뒤에 서 있는 두 명의 사내를 손가락으로 가리켰다.

두 명의 사내들 손에 들린 두 정의 기관총 총구가 클린트 루먼과 오늘밤의 작전에 동원된 부하들을 향하고 있었다.

여차하면 클린트 루먼과 오늘밤의 작전에 투입된 부하들을 상대로 그대로 총을 난사해 버릴 것 같은 긴장감이 흘러나오고 있었다.

클린트 루먼이 웃었다.

"역시 속이 좁은 소인배로군. 400억불을 혼자서 차지할 욕심을 부릴 만도 하군 그래."

혼잣말처럼 중얼거린 클린트 루먼이 윗옷의 품속에 넣어 두고 있었던 오른손을 밖으로 꺼냈다.

김동하의 손에 의해 잘린 클린트 루먼의 오른손이 그제야 드러났다.

"미안하지만 이 손이 잘리면서 총도 잃어버렸지. 내어줄 총이 없다는 말이다 리오넬."

순간 리오넬 헤이든의 얼굴이 딱딱하게 굳어졌다.

존 잭슨과 에릭마쉬에 이어 조직의 이인자로 알려진 클린트 루먼까지 한 팔이 잘린 상태로 돌아올 것이라곤 생각조차 하지 못했다.

"이, 이게⋯⋯."

클린트 루먼은 김동하가 지혈을 해 줌과 동시에 고통을 느끼는 오른팔의 마혈까지 짚어 놓았기에 잘린 팔의 통증을 거의 느끼지 못하고 있었다.

다만 애초에 가지고 있었던 오른손이 사라짐으로 인해 그 감각을 아직 인지하지 못한 몸의 감각이 순간순간 그의 상실감을 자극할 뿐이었다.

클린트 루먼이 이를 드러내며 웃었다.

"이 손으로 총을 쏠 수 있을 것 같나?"

클린트 루먼이 마치 예리한 칼날에 잘려나간 듯 반듯하게 잘려나간 자신의 오른손을 들어 보였다.

리오넬 헤이든이 눈을 껌벅였다.

"어, 어떻게 된 겁니까? 존과 에릭 그리고 클린트까지 왜 이렇게……."

클린트 루먼이 머리를 흔들었다.

"왜 이렇게 된 것인지 곧 알게 될 거야. 리오넬."

클린트 루먼이 힐끗 김동하를 바라보다 시선을 돌렸다.

한서영을 보호하듯 그녀의 어깨를 감싸안은 김동하가 물끄러미 그런 클린트 루먼을 바라보고 있었다.

클린트 루먼의 잘린 팔과 존 잭슨의 잘려나간 두 다리는 레이얼가의 저택 어딘가에 거실에서 흘린 피와 함께 땅속에 묻혀 버렸을 것이다.

클린트 루먼이 자신의 몸을 내려다보며 입을 열었다.

"총도 없고 다른 무기도 없어. 의심나면 확인해 봐도 좋아."

"……."

리오넬 헤이든이 눈을 껌벅이다가 이내 뒤쪽을 바라보며 입을 열었다.

"미키, 확인해 봐."

"예! 리오넬."

리오넬 헤이든의 지시에 기관총을 들고 있던 금발의 사내가 총구를 옆으로 돌리면서 다가왔다.

이내 빠른 동작으로 클린트 루먼의 몸을 확인한 사내가 리오넬 헤이든을 바라보며 입을 열었다.

"없습니다."

"다른 자들도 확인해. 그리고……."

리오넬 헤이든이 힐끗 김동하와 한서영을 바라보았다.

잠시 김동하와 한서영을 살펴보던 리오넬 헤이든이 클린트 루먼에게 시선을 던지며 입을 열었다.

"이 동양인들은……."

클린트 루먼이 대답했다.

"보스가 모셔오라고 한 분들이다. 정중하게 대해야 할거야. 행여 두 사람을 거칠게 대하면 보스가 화를 낼지도 모르니까 말이야. 아니 그전에 자네가 위험해질지도 모르겠지만."

나직하게 말하는 클린트 루먼의 입술이 묘하게 비틀렸다.

리오넬 헤이든이 이마를 찌푸렸다.

그의 시선이 빤히 김동하의 품에 안긴 모습으로 서 있는 한서영을 바라보았다.

잠시 한서영의 얼굴을 살펴보던 리오넬 헤이든이 머리를 끄덕였다.

"그럴 만도 하군요."

리오넬 헤이든도 보스인 마이클 할버레인의 변태적인 호색기질을 잘 알고 있었다.

다만 이번에는 금발의 미녀가 아닌 동양여인이라는 것이 조금 신선한 느낌이 들었다.

그는 하룻밤이라도 여자를 품지 않으면 잠을 잘 수 없는 보스 마이클 할버레인이 탐을 낼 만한 미모를 가진 한서영의 모습에 감탄할 수밖에 없었다.

그때 다른 부하들의 몸을 조사하던 미키라 불린 사내가 머리를 돌려 리오넬 헤이든을 보며 입을 열었다.

"모두들 총 같은 것은 없습니다 리오넬."

리오넬 헤이든이 머리를 끄덕였다.

"알았어."

그때 레이얼가를 습격했던 클린트 루먼과 부하들을 태우고 돌아왔던 닷지승합차를 운전한 부하와 캠리를 운전한 부하들이 차를 완전하게 주차하고 이곳으로 돌아오고 있었다.

캠리를 운전했던 부하는 이곳까지 오는 중에도 단 한 번도 눈치를 채지 못했던 클린트 루먼의 오른손이 잘려 있는 것을 보며 놀란 듯 눈을 껌벅였다.

"어?"

그의 눈이 커지면서 잘려나간 클린트 루먼의 팔을 보고 있었다.

리오넬 헤이든이 이마를 찌푸리며 입을 열었다.

"너희들도 총 내놔."

닷지승합차를 운전했던 부하와 캠리를 운전했던 부하가 놀란 듯 눈을 동그랗게 치켜떴다.

"예?"

"총은 왜?"

운전을 했던 두 부하가 놀란 듯 리오넬 헤이든을 바라보았다.

클린트 루먼이 웃었다.

"그냥 시키는 대로 총이나 내줘. 그게 그나마 너희들을 살려줄 기회가 될 지도 모르니까 말이다. 멍청이들아."

"크, 클린트."

"왜 총을 달라고 하는지……."

운전을 했던 두 명의 부하들은 영문을 모른다는 표정이었다.

킹덤의 조직원들은 보스와 개인적으로 독대를 할 때 외에는 거의 몸에 총기를 떼어놓지 않는 것을 불문율처럼 여기고 있었다.

그런데 보스와의 독대 상황도 아닌 지금 총을 내어 놓으라는 것은 초유의 일이었다.

킹덤의 조직원으로 살아가면서 총은 마지막 방패와 같은 의미였기에 두 사람의 표정이 굳어졌다.

클린트 루먼이 씁쓸하게 웃었다.

"하라는 대로 해. 총을 내줘라."

클린트 루먼의 말에 두 사람이 멍한 표정으로 리오넬 헤이든을 바라보았다.

그때 클린트 루먼과 부하들의 몸을 확인했던 미키라는 사내가 다가왔다.

"총 내놔. 안 내놓으면 이 자리에서 죽든지 아니면 믹서기 구경을 하든지 선택하게 될 거야."

믹서기라는 말에 두 사내가 하얗게 질린 얼굴로 허리춤 뒤에 찔러놓고 있었던 총을 꺼내어 미키라는 사내에게 건넸다.

폐목분쇄기의 또 다른 명칭인 믹서는 킹덤의 조직원들이라면 듣는 순간 오금을 저릴 만큼 두렵고 무서운 처형기였다.

마이클 할버레인에 의해 조직의 배신자나 변절자로 낙점이 될 경우 산채로 폐목분쇄기에 집어넣어질 때의 그 공포에 질린 표정과 순식간에 시뻘건 핏물로 변해 캔시코 호수의 물속으로 뿌려지는 모습은 킹덤의 조직원들이라면 절대로 경험하고 싶지 않은 악몽이고 공포였다.

그 때문에 이곳 랏섬에 머물고 있는 킹덤의 조직원들은 캔시코 호수의 물고기는 절대로 입에 대지 않았다.

그뿐만 아니라 아예 물고기를 낚아 내는 낚시조차 하기를 싫어할 정도로 너무나 공포스러운 명칭이 바로 믹서였다.

미키라는 사내가 두 사람이 건네는 총을 받아 뒤쪽에 서 있는 리오넬 헤이든에게 건네고 이내 두 사람의 몸을 다시 확인했다.

총은 각자 한 정씩 가지고 있었던 두 자루의 글록이 전부였다.

두 사람의 몸을 확인한 미키라는 사내가 머리를 돌려 리

오넬 헤이든을 바라보며 입을 열었다.

"그것뿐입니다."

리오넬 헤이든이 머리를 끄덕였다.

"수고했다."

리오넬 헤이든이 힐끗 클린트 루먼을 바라보며 입을 열었다.

"이제 안으로 들어가시지요. 클린트. 보스께서는 날이 밝으면 도착할 것입니다."

비록 한 팔을 잃고 총까지 잃어버린 클린트 루먼이었지만 그럼에도 그는 여전히 킹덤의 이인자라는 사실은 분명했다.

클린트 루먼이 물었다.

"다른 보스들은 어떻게 되었지?"

리오넬 헤이든이 클린트 루먼을 바라보며 대답했다.

"보스가 도착하기 전에 모두 이곳에 도착할 겁니다. 7번가의 호건이 측근들과 함께 제일 먼저 도착할 것이라고 연락을 해왔습니다."

마이클 할버레인이 만약을 대비해서 자신의 심복과 같은 중간보스들을 모두 소집한 것이다.

클린트 루먼이 머리를 끄덕였다.

"그렇군."

짧게 중얼거린 클린트 루먼이 힐끗 김동하와 한서영을 바라보았다.

두 사람의 표정은 변화가 없었다.

클린트 루먼이 김동하를 보며 입을 열었다.

"안에 들어가면 듀크 레이얼이 기다리고 있을 겁니다."

김동하가 대답 대신 머리를 끄덕였다.

리오넬 헤이든의 눈이 껌벅이고 있었다.

킹덤의 이인자라고 알려진 매그넘의 클린트가 처음 보는 동양인 남녀에게 정중한 태도를 취하고 있는 모습이 그를 어리둥절하게 만든 것이다.

보스인 마이클 할버레인과는 달리 여자 문제에 대해서는 거의 목석이라 불릴 정도로 무심한 편인 클린트 루먼이었다.

또한 킹덤의 부하들 사이에서도 냉혈한으로 통할 정도로 차갑고 냉정한 사내가 바로 매그넘의 클린트라 불리는 클린트 루먼이었다.

그런 클린트 루먼이 처음보는 동양인 남녀를 너무나 정중하게 대하는 것이 묘한 느낌을 안겨주었다.

하지만 그렇다고 그 이유를 클린트 루먼에게 물어보고 싶은 생각은 없었다.

이내 클린트 루먼을 비롯해 일행들이 모두 랏섬의 농장 건물로 향했다.

새벽이 깊어질수록 캔시코 호수에서 피어오르는 물비린 내와 옅은 물안개가 더욱 짙어지는 느낌이 들었다.

이내 일행들이 모두 랏섬의 농장건물로 들어섰다.

시계는 이제 새벽 4시가 훨씬 넘어가고 있었고 두어 시

간 후면 날이 완전히 밝아질 것이다.

그리고 그때 뉴욕의 밤세계를 지배하고 있던 킹덤은 새로운 세상이 열리게 될 운명을 맞이하게 될 것이다.

또한 그것은 지금까지 신의 권능을 대신하며 살아왔던 김동하의 몸속에 숨겨져 있던 두억시니(야차)가 처음으로 세상에 강림하게 만들 운명을 불러올 것이었다.

조선남자

朝鮮男子

-천능의 주인-

살계(殺界)

"이게 뭐야? 이런 패로 어떻게 카드를 쳐?"

마지막 히든카드까지 받아든 턱수염이 가슴까지 늘어진 루카스 패드릭이 신경질적으로 자신의 손에 들린 카드를 테이블 위로 툭 던졌다.

어깨까지 드러난 가죽조끼를 입고 머리는 붉은색의 스카프로 두르고 있는 루카스 패드릭의 모습은 전형적인 폭주족의 모습처럼 보였다.

지퍼를 내리고 있는 가죽조끼 안쪽으로 드러난 그의 터질 듯한 배의 배꼽 아래 찔러놓고 있는 은제의 데저트 이글이 불빛을 받아 반짝였다.

반대편에 앉은 와이셔츠 차림에 머리에 젤을 잔뜩 발라 뒤로 넘긴 카이젤 수염의 로널드 쿠퍼가 이를 드러내고 웃었다.

와이셔츠의 양쪽으로 가죽 홀스터가 걸려 있었고 양쪽 겨드랑이에는 검은색의 총신이 번들거리는 베레타 2정이 홀스터에 걸려 덜렁거리고 있었다.

"오늘은 루카스의 그 회중시계가 내 것이 될 것 같은데?"

로널드 쿠퍼는 같이 카드를 치고 있는 루카스 패드릭의 조끼 주머니 속에 들어 있는 금색의 회중시계가 달린 시곗줄을 바라보았다.

루카스 패드릭이 다른 사람들에게 구경조차 잘 시켜주지 않는 금제의 프레드릭 콘스탄트였다.

루카스 패드릭의 말로는 자신의 아버지가 물려준 시계라고 하지만 그것을 믿은 사람은 아무도 없었다.

루카스 패드릭의 옆쪽에 앉아 있던 회색빛 양복차림의 사내가 힐끗 불빛이 쏟아지고 있는 원형의 테이블을 내려다보았다.

푸른 눈을 깜박이며 테이블 위를 바라보는 양복차림의 사내는 큰아버지 토마스 레이얼과 자신의 아버지인 로빈 레이얼까지 제거해 달라고 청부한 듀크 레이얼이었다.

듀크 레이얼의 단정했던 머리칼도 긴 시간의 노름에 약간 헝클어진 모습이었다.

테이블 위에는 제법 많은 돈이 쌓여 있었다.

한눈에 보아도 5,000불이 넘어갈 것 같은 돈이었다.

듀크 레이얼이 자신의 카드를 앞쪽에 가만히 내려놓으며 옆에 챙겨두었던 지폐다발에서 100달러짜리 지폐 20장을 테이블 위로 던졌다.

"난 2,000불로 먼저 배팅하지."

낮게 말하는 듀크 레이얼의 두 눈에는 이제 약간의 졸음기까지 떠올라 있었다.

하긴 초저녁부터 시작된 카드놀음이 벌써 10시간째 이어지고 있으니 졸릴 만도 했다.

오늘 새벽 큰아버지 토마스 레이얼 회장과 큰아버지의 가족들을 제거하기 위해 출발한 클린트 루먼이 돌아올 때까지 속절없이 기다려야 하는 긴 시간동안 시간을 때우기 위해 카드판에 뛰어들었다.

처음에는 장난으로 시작했지만 시간이 흐를수록 듀크 레이얼이 돈을 따자 판을 그만둘 수도 없었다.

듀크 레이얼의 옆쪽에 앉은 표정이 없는 보우 로빈슨이 힐끗 테이블 위를 바라보다가 이내 자신의 앞쪽에 올려놓은 글록을 한쪽으로 밀어놓고 총 옆에 쟁여놓은 지폐더미에서 100달러짜리 40장을 꺼내어 던졌다.

"2,000불 더 베팅해. 합해서 4,000불이야."

건너편의 로널드 쿠퍼가 싱긋 웃었다.

"그것가지고 되겠어? 6,000불로 올려. 그리고 루카스.

돈이 필요하면 말해. 그 회중시계 담보로 나한테 넘기면 당장 10,000불 줄게."

로널드 쿠퍼가 패를 접은 루카스 패드릭이 이마를 찌푸렸다.

"그만해 망할놈아."

루카스 패드릭은 절대로 회중시계만은 내어 줄 수 없다는 듯이 로널드 쿠퍼를 노려보았다.

두 사람은 전혀 닮지 않았지만 킹덤에서 두 사람이 단짝 중에 단짝이라는 것을 모르는 사람이 없었다.

로널드 쿠퍼는 다혈질의 루카스 패드릭을 놀리는 재미가 있다는 듯이 히죽 웃었다.

듀크 레이얼이 자신의 지폐더미에서 다시 100불짜리 지폐 40장을 꺼내어 판 위에 올려놓았다.

함께 배팅했던 보우 로빈슨이 입맛을 다시며 2,000불을 더 얹었다.

삽시간에 판 위에 20,000불이 넘는 돈이 쌓였다.

듀크 레이얼은 판 위의 돈이 탐나지는 않았지만 어떻게 된 영문인지 판을 거듭하면 늘 자신이 승리하는 확률이 높다는 것에 노름을 그만두지도 못했다.

로널드 쿠퍼가 빙그레 웃으며 입을 열었다.

"듀크 자네부터 패를 확인해 줘야 할 것 같은데?"

듀크 레이얼이 약간 지친 얼굴로 자신의 패를 뒤집었다.

K, K, K, 8, 8, 10, 4.

듀크 레이얼이 보여준 패를 보자 4,000불을 베팅했던 보우 로빈슨의 이마가 찌푸려졌다.

표정 없는 그가 이번에는 실망한 표정을 보였다.

"빌어먹을. 늘 이렇게 한발이 늦는군 그래."

탁—.

보우 로빈슨이 자신의 카드를 신경질적으로 까뒤집었다.

J, J, Q, 9, 9, 9, A.

보우 로빈슨의 패였다.

듀크 레이얼보다 끝수에서 지는 패였기에 절대로 이길 수 없는 패라고 할 수가 있었다.

6,000불을 베팅한 로널드 쿠퍼가 실소를 머금었다.

"쿡, 이번에는 내가 이길 줄 알았는데 또 헛다리짚었군."

로널드 쿠퍼가 자신의 패를 보여주지도 않고 그대로 덮어 버렸다.

보우 로빈슨이 로널드 쿠퍼를 보며 물었다.

"무슨 패길래 그래?"

"보우 너한테도 지는 패야."

로널드 쿠퍼가 빙글거리는 표정으로 보우 로빈슨을 바라보았다.

로널드 쿠퍼의 패는 6부터 시작해서 7, 8, 9, 10, J까지 이어지는 스트레이트 패였다.

그런 패로 풀하우스를 이기려 했던 것이 실수였다.

더구나 듀크 레이얼뿐만 아니라 보우 로빈슨까지 풀하우스를 감추고 있었으니 자신의 명백한 오판이라고 인정한 것이다.

로널드 쿠퍼는 돈을 잃었음에도 전혀 기분 나쁜 표정이 아니었다.

오히려 지금 이런 상황을 마치 즐기는 듯한 얼굴 표정이었다.

로널드 쿠퍼가 돈을 챙기고 있는 듀크 레이얼을 보며 입을 열었다.

"하하 이제 곧 레이얼 시스템의 신임회장님이 될 분이라서 패가 잘 들어오나? 역시 돈이 주인을 알아보는 모양인데?"

듀크 레이얼이 피식 웃었다.

"농담할 기분이 아니야."

듀크 레이얼의 얼굴은 지친 표정이 역력했다.

큰아버지와 큰아버지의 가족을 처리하기 위해 떠난 클린트 루먼으로부터 아직 어떤 소식도 들어오지 않았다.

그랬기에 비록 카드를 치고는 있지만 신경은 온통 큰아버지 저택의 상황에 집중되어 있었다.

이럴 때면 차라리 이곳에 보스인 마이클 할버레인이 있었다면 진행되고 있는 상황을 알 수 있었을 것이라고 생각했다.

그때 보우 로빈슨이 입을 열었다.

"근데 보스에게 토마스 회장을 제거하고 난 뒤에 그곳에 있는 동양계집을 잡아와 달라고 요구했던 정확한 이유가 뭐야? 그년이 그렇게 예쁜가? 난 동양계집은 그냥 어린애 같아서 싫던데. 젖비린내도 날 것 같고."

돼지처럼 살이 뒤룩뒤룩 찐 보우 로빈슨은 듀크 레이얼이 보스인 마이클 할버레인에게 거래의 조건으로 동양계집을 데려다 달라고 한 이유가 궁금했다.

듀크 레이얼이 돈을 챙겨 자신의 테이블 앞쪽에 쟁여놓은 지폐더미에 올려놓으면서 입을 열었다.

"그냥 처음으로 동양여자에게 관심이 좀 생겼을 뿐이야."

듀크 레이얼은 한서영이 어떻게 생겼고 그녀의 미모가 어떤지 굳이 보우 로빈슨에게 설명하고 싶지 않았다.

다만 클린트 루먼이 한서영을 이곳으로 데려온다면 그 이유를 말로 하지 않아도 설명이 될 것이라고 생각했다.

하지만 듀크 레이얼은 보스인 마이클 할버레인이 자신이 보여준 한서영의 사진을 보고 클린트 루먼을 시켜 한서영을 저택으로 먼저 데려오라고 지시한 것은 꿈에도 모르고 있었다.

마이클 할버레인이 한서영을 먼저 차지할 생각을 하고 있었다는 것을 알았다면 듀크 레이얼로서는 보스에게 한서영의 사진을 먼저 보여준 것을 후회할 것은 뻔했다.

보스인 마이클 할버레인이 한서영의 사진을 보고 자신에

게 던졌던 여자는 자신을 보호해줄 힘과 배경을 가진 남자에게 더 끌린다는 말이 약간 거슬렸다.

그렇다고 해도 보스가 자신이 선택한 여자를 가로챌 정도로 소인배는 아닐 것이라고 생각한 듀크 레이얼이었다.

킹덤이라는 어둠의 조직을 이끌 정도로 막강한 힘과 배경을 지닌 마이클 할버레인이 400억달러라는 엄청난 거금을 통째로 삼키고 그것도 모자라 한서영을 가로챌 정도로 욕심을 부릴 사람은 아니라고 생각한 것이다.

듀크 레이얼은 클린트 루먼이 큰아버지와 큰어머니를 비롯해 사촌여동생인 에이미 레이얼까지 처리하고 한서영을 데려온다면 그대로 그녀를 데리고 이곳을 떠날 생각이었다.

돈을 챙긴 듀크 레이얼이 카드를 챙기며 입을 열었다.

"1분만 쉬었다가 하지."

나직하게 말한 듀크 레이얼이 등을 젖히고 길게 기지개를 켰다.

지친 몸에 약간의 활기를 불어넣기 위한 동작이었다.

같이 카드를 치던 사내들도 듀크 레이얼의 말에 동감을 한 듯 몸을 비틀면서 오랜 시간동안의 카드놀이로 쌓인 몸의 경직을 풀기 위해 가볍게 움직였다.

몸을 젖혀 기지개를 켜는 듀크 레이얼의 눈에 헤로인 포장 작업장에서 나와 문 쪽으로 향하는 랏섬 농장의 책임자인 킹덤의 중간보스 리오넬 헤이든의 모습이 보였다.

리오넬 헤이든의 뒤쪽으로 총을 든 두 명의 사내들이 그
와 동행하면서 문을 나섰다.

작업장 안쪽에는 100여 명의 킹덤 조직원들이 이틀 전
도착한 마약을 저울에 달아 소포장하는 작업이 진행 중이
었다.

잠시 눈을 깜박이던 듀크 레이얼이 리오넬 헤이든을 쫓
아가 레이얼가의 저택으로 출발한 클린트 루먼의 소식을
알고 있는지 물으려다 이를 악물고 참았다.

리오넬 헤이든이 알고 있다면 자신에게 미리 말해 주었
을 것이라고 생각한 것이다.

"자, 다시 카드 돌려."

로널드 쿠퍼가 두 손바닥을 마주대고 비비면서 입을 열
었다.

먼저 판에서 기권을 했던 루카스 패드릭도 다시 의자를
당겨 앉으면서 듀크 레이얼을 바라보고 있었다.

초저녁부터 이어진 카드노름판은 제법 판이 커져서 이제
듀크 레이얼의 앞에는 지폐가 수북하게 쌓여 있었다.

하지만 듀크 레이얼은 자신의 앞에 놓인 돈을 가져갈 생
각은 손톱만큼도 없었다.

킹덤의 조직원들은 눈앞에서 사람을 총으로 쏴 죽여도
눈썹 하나 깜박하지 않을 정도로 잔인하고 냉정한 자들이
었다.

그런 자들의 돈은 비록 노름판에서 딴 눈먼 돈이라고 해

도 절대로 가질 생각이 나지 않았다.

큰아버지 가족을 처리하기 위해 떠난 클린트 루먼이 돌아오면 자신의 앞에 놓인 돈을 모두 돌려주고 떠날 생각뿐이었다.

그때였다.

조금 전에 문 밖으로 나간 랏섬의 책임자 리오넬 헤이든이 일단의 사내들과 함께 다시 건물로 들어섰다.

막 카드 패를 섞으려던 듀크 레이얼의 얼굴이 굳어졌다.

그의 눈에 몹시도 눈에 익은 얼굴이 들어왔다.

큰 눈을 깜박이며 김동하의 팔을 꽉 껴안고 있는 한서영이었다.

동시에 한서영과 김동하의 뒤편에 서서 안으로 들어서는 키 큰 사내의 얼굴이 들어왔다.

클린트 루먼이었다.

듀크 레이얼이 자리에서 벌떡 일어섰다.

그가 일어서는 바람에 앉아 있던 의자가 뒤로 밀려났다.

"뭐하는 거야? 카드 안 돌려?"

듀크 레이얼이 카드를 돌리는 것을 기다리고 있던 루카스 패드릭이 이마를 찌푸렸다.

오늘밤의 노름에서 그가 잃은 돈이 제일 많았다.

얼굴을 찌푸린 루카스 패드릭이 얼굴을 들어 듀크 레이얼을 바라보다가 표정을 굳혔다.

그의 시선이 문 쪽으로 향한 것을 발견한 것이다.

시선을 돌리는 루카스 패드릭은 랏섬의 보스인 리오넬 헤이든이 일단의 사내들과 함께 건물로 들어서고 있는 것을 발견했다.

"엇?"

"클린트 보스가 돌아왔군."

카드를 치던 사내들도 막 건물로 들어서는 클린트 루먼과 부하들을 발견하고는 표정을 굳히며 몸을 일으켰다.

클린트 루먼이 돌아왔다는 것은 레이얼가의 저택에서 토마스 레이얼 회장의 일가를 처리하는 일이 성공적으로 해결되었다는 것을 의미했다.

한편 듀크 레이얼은 한서영과 함께 나란히 서서 안으로 들어서는 김동하의 얼굴이 전혀 표정의 변화가 없이 담담하다는 것에 약간 의외라는 표정을 지었다.

누구든 이곳 랏섬으로 들어서는 순간 위축감과 공포를 느낄 수밖에 없는 환경이다.

그런데 정작 김동하나 한서영은 그렇게 두려워하는 표정이 아니었다.

더구나 여자인 한서영은 주변의 풍경이 신기한지 이리저리 시선을 돌리고 있었다.

100명이 넘는 거친 킹덤의 조직원들로 가득한 랏섬은 여자들에게는 그야말로 숨쉬는 것조차 조심할 정도로 위축감을 가지게 만드는 곳이었다.

하지만 한서영의 얼굴은 전혀 그런 표정이 떠올라 있지

않았다.

듀크 레이얼의 입가에 살짝 미소가 떠올랐다.

"드디어 왔군."

듀크 레이얼의 눈에 비친 한서영은 어디 한 군데 다치거나 상한 곳이 없는 멀쩡한 모습이었기에 안심이 되었다.

그가 테이블을 벗어나 한서영이 있는 곳으로 걸음을 옮겼다.

한서영과 김동하가 농가의 안쪽 구석에서 모습을 드러내는 듀크 레이얼을 발견했다.

한서영이 큰 눈을 깜박이며 듀크 레이얼을 바라보았다.

클린트 루먼도 듀크 레이얼을 발견하고 어금니를 꾸욱 깨물었다.

자신이 지금의 처지가 된 것이 모두 듀크 레이얼이 가진 추악한 욕심 때문이라 생각하니 다가서고 있는 듀크 레이얼이 곱게 보일 리가 없었다.

듀크 레이얼이 한서영의 앞으로 다가섰다.

"드디어 왔군?"

한서영의 눈이 차갑게 빛나면서 듀크 레이얼의 얼굴을 노려보았다.

김동하 역시 차갑고 싸늘한 시선으로 듀크 레이얼을 바라보고 있었다.

겉모습은 인간의 모습이지만 친 혈육을 살해하라고 사주한 듀크 레이얼은 짐승만도 못한 그야말로 패륜아 중의 패

룬아였다.

한서영이 듀크 레이얼을 보며 차가운 목소리로 입을 열었다.

"당신이 이 사람들을 보내서 토마스 회장님을 그렇게 만들라고 사주한 것이 정말인가요?"

듀크 레이얼이 피식 웃었다.

"난 사주한 적이 없어. 그냥 내 운명을 가로막고 있는 방해물이 거치적거린다고 말했을 뿐이지. 그걸 나와 같은 배를 탄 이 사람들이 스스로 치워준다고 했기에 나로선 반대할 이유가 없었던 거지."

"짐승같은 놈."

한서영은 더 이상 듀크 레이얼을 상대하고 싶은 생각이 없었다.

한서영이 머리를 돌리자 김동하가 듀크 레이얼을 보며 입을 열었다.

"당신은 곧 지옥이 어떤 것인지 경험하게 될 거야. 그리고 후회하게 될 거야. 분명히."

김동하의 말에 듀크 레이얼이 미간을 좁혔다.

그의 눈에 김동하의 팔을 꽉 껴안고 있는 한서영의 모습이 들어왔다.

듀크 레이얼이 김동하의 뒤에 굳은 얼굴로 자신을 바라보고 있는 클린트 루먼의 얼굴을 바라보았다.

"이 한국놈은 아직 이곳이 어떤 곳인지 모르는 모양입니

다 클린트. 어디 한 군데라도 부러트려서 데려오지 그랬어
요."

클린트 루먼의 눈썹이 찌푸려졌다.

듀크 레이얼은 김동하와 한서영이 자신과 함께 이곳에
도착하자 임무를 무사히 완수하고 귀환한 모양이라고 착
각하고 있었다.

"말조심해야 할 것 같군. 내가 굳이 상관할 일은 아니겠
지만."

말을 하던 클린트 루먼이 힐끗 김동하의 표정을 살폈다.

그때 클린트 루먼의 뒤쪽에서 노인들과 몇 명의 사내들
에게 부축을 받고 서 있는 두 명의 사내들이 나타났다.

"엇?"

듀크 레이얼의 입이 벌어졌다.

그의 눈에 들어온 사람은 그와는 안면이 많은 존 잭슨이
었다.

마이클 할버레인의 최측근 경호원이면서도 듀크 레이얼
자신과는 그다지 친해지지 못했던 드럼통 존 잭슨.

그가 창백한 얼굴로 몇 명의 노인들과 사내들에게 부축
을 받으며 힘겹게 서 있었다.

"저 사람은 존이 아닙니까? 그리고……."

존 잭슨의 옆으로는 역시 창백한 얼굴로 다리가 부서져
버린 에릭마쉬가 사람들의 부축을 받으며 서 있는 모습이
보였다.

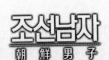

듀크 레이얼이 굳은 표정으로 입을 열었다.

"저, 저택에서 무슨 일이 있었던 것입니까?"

킹덤에서도 나름 힘 좀 쓴다고 알려진 존 잭슨과 에릭마쉬가 거의 회복이 불가능한 몸으로 돌아왔다.

그것은 곧 레이얼가의 저택에서 자신이 예상하지 못한 일이 일어났다는 것을 의미했다.

그가 알고 있기로는 큰아버지 토마스 레이얼의 저택은 일반적인 저택일 뿐, 외부의 침입을 강제적으로 방어하거나 무장을 한 사설 경호원 같은 인원은 존재하지 않았다.

큰아버지나 큰어머니 그리고 집사인 피터 에반스도 무력을 사용하는 것에는 늘 거부감을 가지고 있던 사람들이었기 때문이다.

클린트 루먼이 어금니를 깨물었다.

듀크 레이얼에게 레이얼가의 저택에서 일어난 일을 미주알 고주알 보고하고 싶은 생각이 없었다.

"자네가 물어보지 않아도 곧 알게 될 거야."

클린트 루먼이 차갑게 말하고 시선을 돌렸다.

듀크 레이얼의 눈썹이 찌푸려졌다.

말을 하는 클린트 루먼의 어투에 뾰족한 가시가 박혀 있는 느낌이 들었기 때문이다.

하지만 그것이 마이클 할버레인의 일개 회계사였던 자신의 사주로 본인이 직접 이런 일에 나서게 된 것에 대한 불만을 표출한다고 생각했다.

그때 좀 전까지 듀크 레이얼과 카드노름을 하던 사내들이 다가섰다.

제일 먼저 다가선 사내는 늘 입가에 묘한 웃음을 잊지 않고 있던 로널드 쿠퍼였다.

"엇, 이게 뭐야?"

그 역시 같은 동료였던 존 잭슨과 에릭마쉬가 폐인이 된 몸으로 복귀한 것을 보며 놀란 얼굴로 두 사람을 바라보았다.

존 잭슨과 에릭마쉬는 창백한 얼굴로 눈을 감고 있었다.

190cm가 넘던 드럼통 같은 체격의 존 잭슨은 이제 170cm가 겨우 넘을 것 같은 키로 변해 있었다.

키다리 에릭마쉬 역시 팔과 다리가 기형적으로 뒤틀린 모습이었다.

"클린트 보스, 이게 어찌 된 일입니까?"

클린트 루먼이 아무 말도 하지 않고 머리를 돌렸다.

클린트 루먼이 시선을 외면하자 이마를 찌푸린 로널드 쿠퍼가 약간 경계하는 시선으로 클린트 루먼을 바라보았다.

얼음처럼 냉정하고 치밀한 계산으로 상대를 처리하는 킹덤의 이인자 매그넘의 클린트의 신경이 곤두서 있다는 것을 눈치로 알아차린 것이다.

"쯧. 무슨 일이 있었군요."

그로서는 존 잭슨과 에릭마쉬에게 이런 모습으로 복귀한

이유를 묻고 싶었지만 그것이 클린트 루먼의 심기를 건드릴 것 같아 한발 물러섰다.

시선을 돌리던 로널드 쿠퍼가 한서영을 발견하고 눈을 크게 떴다.

"어라? 이게 누구야?"

눈을 동그랗게 치켜뜨고 한서영을 바라보는 로널드 쿠퍼의 입가에 그 미소는 여전히 사라지지 않고 남아 있었다.

그의 시선이 김동하의 팔을 껴안고 있는 한서영의 모습을 아래위로 훑어보았다.

징그러우면서도 사람을 움찔거리게 만들 정도로 묘한 역겨움을 안겨주는 시선이었다.

그가 하얀 이를 드러냈다.

"하하 클린트 보스, 이 동양 계집은 어디서 찾아내셨습니까? 참 기막힌 년인데요?"

로널드 쿠퍼는 듀크 레이얼이 이곳에서 노름으로 시간을 보내면서 기다리고 있었던 사람이 한서영이라고는 생각하지 못했다.

클린트 루먼의 표정이 굳어졌다.

그런 클린트 루먼의 표정을 살펴보지 못하고 로널드 쿠퍼가 히죽 웃었다.

"야, 어디 한 바퀴 돌아봐."

로널드 쿠퍼가 징그러운 미소를 머금고 한서영을 향해 손가락을 들어 원을 그렸다.

한서영의 표정이 차가워졌다.

클린트 루먼이 로널드 쿠퍼에게서 시선을 돌렸다.

지금까지 김동하가 아무 말도 하지 않는 것이 너무나 불안했다.

로널드 쿠퍼가 김동하와 한서영을 자극할수록 그가 살아날 확률은 더욱 희미해진다는 것을 알고 있었다.

그리고 이곳 랫섬의 책임자인 킹덤의 중간보스 리오넬 헤이든을 시켜 자신을 무장해제 시키라는 보스 마이클 할버레인의 지시를 통해 자신이 조직의 배신자로 낙점되었다는 것은 확실해졌다.

그러니 더 이상 킹덤의 부하들을 보호하고 싶은 생각도 없어졌다.

김동하가 자신을 용서해 줘서 이곳을 무사히 떠나는 것만 이룰 수 있다면 그것으로 충분하다고 생각했다.

그런 내막을 알 길이 없는 로널드 쿠퍼가 징그러운 눈길로 한서영을 바라보며 히죽였다.

"꾸미지 않고도 이 정도로 예쁜 동양계집이라면 마이클 보스가 참 좋아할 것 같습니다. 그렇지 않습니까? 클린트 보스."

"……."

클린트 루먼이 힐끗 김동하의 표정을 살폈다.

그때 랫섬의 책임자인 리오넬 헤이든이 나직하게 입을 열었다.

"쓸데없는 소리 하지 마라. 로널드. 보스가 오시기 전에 누구도 건드려선 안 돼."

"쩝. 나도 잘 알고 있습니다. 리오넬."

로널드 쿠퍼가 입맛을 다시며 머리를 긁었다.

리오넬 헤이든이 힐끗 클린트 루먼을 바라보며 입을 열었다.

"노름은 그만하고 이제 너희들은 보스가 이곳에 도착할 때까지 클린트 보스를 감시해야 할 거다."

리오넬 헤이든의 말에 로널드 쿠퍼가 놀란 듯 눈을 치켜떴다.

"예?"

클린트 루먼은 자타가 인정하는 킹덤의 이인자라는 사실을 이곳이 있는 사람 중에 모르는 사람이 없다.

그런 클린트 루먼을 감시하라는 것에 놀란 로널드 쿠퍼였다.

리오넬 헤이든이 굳은 얼굴로 입을 열었다.

"마이클 보스의 지시야. 반항하거나 도망을 치려하면 사살해도 좋다고 했으니 보스가 도착할 때까지 문제가 생기지 않도록 잘 지켜."

"그게 무슨 소립니까? 클린트 보스를 갑자기 왜?"

"보스의 지시라고 했잖아. 멍충아. 나도 이유 따위는 모른다는 말이다."

리오넬 헤이든의 목소리가 살짝 커지자 클린트 루먼의

입가에 쓸쓸한 미소가 떠올랐다.

그때 뒤쪽에 서 있던 히피복장의 루카스 패드릭이 눈을 껌벅이며 입을 열었다.

"근데 저 노인들은 뭡니까? 저런 늙은이들이 왜 여기에 있는 겁니까?"

루카스 패드릭은 클린트 루먼의 뒤에 굳은 얼굴로 서 있는 클레이튼 위티드와 김동하에게 천명을 뺏긴 동료들을 바라보고 있었다.

클레이튼 위티드가 어금니를 깨물었다.

한때는 동료였던 루카스 패드릭이 몰라볼 정도로 자신이 변했다는 것을 다시 한번 실감하고 있었다.

하지만 자신이 불과 반나절 전에만 해도 루카스 패드릭과 같은 나이의 동료였다는 것을 설명할 방법이 없었다.

리오넬 헤이든이 머리를 흔들었다.

"나도 몰라. 그냥 클린트 보스와 함께 도착했으니 보스가 이곳에 올 때까지 잡아둘 뿐이야."

리오넬 헤이든은 클린트 루먼과 함께 이곳에 도착한 노인들을 돌려보낼 수가 없었다.

노인들의 정체가 뭔지는 모르지만 클린트 루먼의 무장을 해제시키라는 지시를 내린 보스의 명령에 따라 클린트 루먼의 일행은 모두 잡아두어야 한다고 생각했을 뿐이었다.

노인들의 무리 속에 서 있던 게릿 주피거가 눈을 껌벅였다.

레이얼가의 저택을 침입했던 킹덤의 조직원들 중 김동하에게 천명을 회수당하지 않았던 사람은 그와 클린트 루먼뿐이었다.

클린트 루먼은 김동하에게 오른손을 잃었지만 게릿 주피거는 손을 잃거나 다친 곳도 없이 멀쩡한 모습으로 돌아나온 유일한 조직원이었다.

그가 무언가 말을 하려는 듯이 입술을 달싹이다가 이내입을 닫았다.

토마스 레이얼 회장의 가족을 처리할 목적으로 출발한클린트 루먼의 일행을 싣고 레이얼가를 다녀온 닷지승합차와 캠리 승용차의 운전을 책임진 부하가 힐끗 클린트 루먼의 표정을 살폈다.

자신들 역시 영문을 모르고 무장이 해제되었기에 살짝위축이 된 모습이었다.

말 한 마디 잘못할 경우 목숨이 달아날 수도 있다는 것을잘 알고 있었기에 말조심을 할 수밖에 없었다.

마이클 할버레인이 이곳 랏섬에 도착하면 자신들은 클린트 루먼과 아무런 관계가 없다는 것을 증명해서 살아남아야 한다는 생각뿐이었다.

랏섬에서 무장이 해제되는 경우 대부분 처형의 대상이되는 것은 마치 정해진 수순과 같은 것임을 잘 알고 있는두 사람이었다.

농장의 창고에 처박힌 폐목분쇄기는 지금도 캔시코 호수

에 물고기밥으로 뿌려질 희생자를 기다리고 있을 것이었다.

그때였다.

"난 이 한국년과 사내놈을 데리고 돌아가도록 하지요. 마이클 보스에게는 남은 두 번째 일을 처리해주시는 즉시 내가 한 약속을 지키겠다고 전해주십시오."

듀크 레이얼이 말한 두 번째 일이라는 것은 자신의 아버지인 로빈 레이얼을 처리하는 것을 말했다.

이곳에 있는 사람들 중 그 내용을 정확하게 알고 있는 사람은 클린트 루먼뿐이었다.

클린트 루먼이 실소를 머금었다.

저 멍청이가 지금도 자신의 큰아버지인 토마스 레이얼 회장이 죽었다고 착각하고 있다는 것이.

참으로 어이가 없었다.

"훗, 멍청한 놈."

혼잣말로 중얼거린 클린트 루먼이 머리를 돌렸다.

더 이상 듀크 레이얼과 같은 인간의 얼굴을 대면하는 것이 싫었기 때문이다.

또한 자신이 이런 상황에 처한 이후 지금까지 자신이 살아왔던 삶이 너무나 한심하다는 느낌이 들었기에 아예 눈앞의 상황을 외면하고 싶은 심정이었다.

듀크 레이얼이 굳은 얼굴로 리오넬 헤이든을 바라보았다.

그로서는 마주치기 부담스러운 마이클 할버레인과 다시 만나는 것이 꺼림칙했다.

더구나 지금의 한서영을 마이클 할버레인이 본다면 한서영을 쉽게 내주지 않을 것이라고 생각한 것이었다.

듀크 레이얼 역시 킹덤의 보스이자 자신의 고용주와 같은 마이클 할버레인의 그 집요하고 끈적한 호색기질을 너무나 잘 알고 있었다.

그 때문에 보스인 마이클 할버레인이 랏섬에 도착하지 전 먼저 한서영과 김동하를 빼돌릴 생각을 한 것이다.

리오넬 헤이든이 이마를 찌푸렸다.

"보스가 오기 전에 떠난다고?"

"그렇습니다. 보스께서 약속을 지켰으니 두 번째 일을 처리하는 즉시 나도 반드시 약속을 지킬 것이라고 전해주시면 됩니다."

듀크 레이얼이 말을 하면서도 씁쓸한 표정을 짓고 있는 클린트 루먼을 바라보았다.

클린트 루먼의 눈이 힐끗 듀크 레이얼을 향했다.

자신의 아버지를 죽여 달라는 청부를 하고 있는 가증스러운 듀크 레이얼의 얼굴을 보며 침이라도 뱉어버리고 싶은 심정이었다.

듀크 레이얼의 얼굴에는 약간 초조한 빛이 흘렀다.

리오넬 헤이든이 차가운 표정으로 듀크 레이얼을 쏘아보았다.

"자네가 보스와 무슨 약속을 했는지 모르지만 보스가 이 곳에 도착하실 때까지 그 누구도 랏섬을 떠날 수는 없어. 굳이 떠나야 한다면 보스에게 허락을 받으라는 말이다. 듀크."

리오넬 헤이든의 목소리는 너무나 차가웠다.

순간 듀크 레이얼의 얼굴이 일그러졌다.

그때였다.

한서영이 이마를 찌푸리며 입을 열었다.

"어서 빨리 여기서 나가고 싶어. 여긴 사람이 아니라 짐 승들이 사는 곳 같아."

한서영은 랏섬의 농막 안에서 느껴지는 숨쉬기도 역겨운 분위기가 너무나 거북했다.

김동하가 그런 한서영을 내려다보며 입을 열었다.

"116명입니다. 생각보다는 그렇게 많지는 않은 것 같군 요."

"뭐?"

한서영이 눈을 크게 떴다.

"이곳에 머물고 있는 사람들의 숫자입니다. 누님."

한서영이 눈을 깜박였다.

"그, 그렇게 많아?"

한서영은 이 농가에 머물고 있는 사람이 116명이나 된다 는 김동하의 말에 가슴이 덜컥 내려앉았다.

아무리 신의 능력을 가진 김동하라고 해도 116명이라는

사람의 숫자는 너무도 많았다.

김동하를 하늘처럼 믿는 한서영에게도 두려움을 안겨주기에는 충분했다.

김동하가 희미하게 웃었다.

"여기는 나쁜 기운이 사방에 가득한 곳입니다. 곳곳에 혈향이 진하게 박혀 있기도 하고요."

"혈향이라니?"

한서영의 얼굴에 놀란 표정이 역력했다.

김동하가 나직한 목소리로 대답했다.

"사람이 억울하게 목숨을 잃을 때는 원래 가지고 있던 피의 향이 달라집니다. 더욱 짙은 비린내를 풍기게 되지요. 흔치 않은 일이긴 하지만 간혹은 그 혈향이 원귀의 한으로 남겨지기도 합니다. 원귀의 한이 실체를 드러내진 않지만 평소와는 달리 주변의 경치를 변하게 만들거나 공기를 차갑게 만드는 경우가 그런 경우라고 할 수 있습니다."

"세상에……."

한서영이 놀란 표정으로 김동하를 바라보았다.

그녀로서는 원귀니 혈향이니 하는 말이 너무나 생소하기도 했지만 그것을 단번에 간파하는 김동하의 또 다른 능력에 놀랐다.

김동하가 힐끗 입구 쪽을 바라보았다.

"이곳에서 느껴지는 혈향이 가장 진하게 번져 있는 곳이 문 밖의 다른 건물에서 느껴지네요."

김동하의 시선이 문 밖에 한쪽으로 떨어져 있는 창고가 위치한 건물 방향을 향했다.

그곳은 킹덤의 조직원들이 믹서라고 부르는 폐목분쇄기가 보관되어 있는 곳이었다.

김동하는 폐목분쇄기에서 흘러나오는 짙은 혈향을 이미 감지하고 있던 중이었다.

그렇지 않아도 어둡고 칙칙하며 끈적한 느낌이 드는 이곳 랏섬농장의 분위기에 폐목분쇄기에서 흘러나오는 짙은 혈향이 더욱 이곳을 음침하게 만들었다.

한서영이 살짝 몸을 떨었다.

"무서워."

김동하가 부드럽게 웃었다.

"내가 있으니 그렇게 무서워하지 않아도 됩니다."

그때 두 사람의 대화를 듣고 있던 리오넬 헤이든이 이마를 찌푸렸다.

"이것들이 무슨 이야기를 하는 거야?"

김동하와 한서영의 대화는 한국어였기에 리오넬 헤이든이 알아들을 수는 없었다.

그리고 랏섬에 들어온 사람이라면 당연하게 겁을 먹거나 두려워해야 하는 것이 정상이다.

하지만 두 사람은 마치 이곳을 두고 산책을 나온 사람들처럼 평범하게 대화를 하는 느낌이 들었기에 어이가 없었다.

김동하가 클린트 루먼을 보며 입을 열었다.

"당신은 한쪽으로 물러나 있는 것이 좋을 것 같군."

클린트 루먼의 얼굴이 창백하게 변했다.

이제 김동하가 시작할 것이라는 것을 본능적으로 감지한 것이다.

클린트 루먼이 굳은 얼굴로 머리를 숙였다.

"알겠습니다."

클린트 루먼은 김동하가 랏섬을 풍비박산 내는 순간에도 자신은 건드리지 않고 배려해 준다는 것에 감사한 마음이었다.

김동하의 시선이 클린트 루먼의 뒤에 서 있는 클레이튼 위티드의 얼굴을 보며 다시 입을 열었다.

"당신들도 마찬가지야. 뒤로 물러서는 것이 좋아. 이자들에게는 당신들과는 달리 좀 더 가혹한 형벌이 내려질 것이니 엉뚱하게 끼어들어 봉변을 당하기 싫다면 말이야."

클레이튼 위티드의 눈살이 부르르 떨리고 있었다.

지금 김동하의 입에서 흘러나오는 말이 얼마나 두려운 말인지 너무나 잘 알고 있는 클레이튼 위티드였다.

"아, 알겠습니다."

클레이튼 위티드가 자신들의 동료들을 돌아보며 황급히 뒤로 물러서라는 눈짓을 보냈다.

영문을 모르는 닷지승합차와 캠리 승용차를 운전했던 부하들이 멍한 표정을 지으며 뒤로 물러서는 클레이튼 위티드와 동료들을 바라보았다.

레이얼가에서 유일하게 멀쩡한 모습으로 걸어 나온 게릿 주피거가 다급하게 두 사람의 손을 잡고 뒤로 당겼다.

"물러서."

게릿 주피거가 자신들의 손을 잡고 당기자 운전을 했던 두 명의 부하들이 놀란 표정으로 돌아보았다.

"왜 이래?"

"뭔데 그래?"

게릿 주피거가 어금니를 깨물었다.

"죽기 싫으면 물러서."

"뭐?"

"이게 무슨……."

눈앞에서 벌어지는 황당한 상황에 랫섬의 책임자인 리오넬 헤이든이 얼굴을 굳혔다.

"지금 뭐하는 짓이야?"

그의 시선이 창백한 얼굴로 뒷걸음질 치면서 한쪽으로 물러서는 클린트 루먼을 주시했다.

"클린트 보스. 지금 뭐하는 짓이요? 보스의 지시를 거역할 생각이요?"

클린트 루먼이 이를 악물었다.

"나보다 네 걱정을 먼저 하는 게 좋을 거야. 리오넬."

"뭐라고?"

"내가 이 몸으로 마이클 할버레인의 지시를 거역하고 이

126

곳으로 먼저 오게 된 이유를 곧 알게 될 거야. 이제 이곳은 지옥이 될 거다 리오넬. 네놈의 무식한 마약장사도 이제 끝났다는 뜻이란 말이다."

클린트 루먼은 이제 마이클 할버레인에게 보스라는 호칭을 사용하지도 않았다.

자신을 배신자라고 낙점한 이상 그를 보스로 대우할 생각이 사라졌기 때문이었다.

"이런……."

리오넬 헤이든의 입술이 잘근 깨물렸다.

사납게 표정이 바뀐 리오넬 헤이든이 이를 악물며 자신의 뒤에 서 있는 부하들을 바라보며 입을 열었다.

"뭐해. 보스의 지시야. 이미 사살명령이 떨어졌으니 쏴버려. 죽어도 상관없다. 한 놈도 남기지 말고 모조리 죽여버려."

리오넬 헤이든은 킹덤의 이인자인 클린트 루먼이 조직의 계율을 뒤집고 이곳 랫섬에서 항거를 하면 그 뒤 책임은 자신이 져야 한다는 것을 알고 있었다.

부하들 중 보스인 마이클 할버레인보다 이인자인 클린트 루먼을 옹호하는 자들도 제법 존재한다는 것을 이미 알고 있는 리오넬 헤이든이었다.

그 때문에 아예 지금 클린트 루먼을 제거하는 것이 화근의 싹을 자르는 일이라고 생각했다.

리오넬 헤이든의 명령에 그의 부하인 미키 크루거와 숀

리커가 손에 들고 있던 총구를 클린트 루먼과 김동하 한서영이 서 있는 방향으로 돌렸다.

손가락이 방아쇠울에 걸려 있었기에 방아쇠를 당기는 순간 벌집으로 변할 만한 찰나였다.

총구를 겨눈 두 부하의 얼굴은 얼음처럼 차갑고 냉막했다.

하지만 김동하나 한서영은 전혀 그런 모습에 위축된 모습을 보이지 않았다.

한서영은 사내들이 총을 쏜다고 해도 김동하와 자신을 해치지 못할 것임을 이미 알고 있었다.

레이얼가의 저택에서 그 지독한 총탄세례 속에서도 솜털 하나 다치지 않고 멀쩡한 모습으로 자신을 지켜준 김동하였다.

그런 김동하가 고작 두 정의 소총에 자신이 당하게 내버려 둘 것이라곤 생각하지 않았다.

총구를 겨눈 두 사내의 눈동자가 반짝이고 있었다.

그때 듀크 레이얼이 김동하의 팔을 껴안고 있는 한서영의 앞을 막으며 소리쳤다.

"자, 잠깐. 리오넬 보스, 부탁이니 이 여자는 쏘지 마시오."

듀크 레이얼은 힘들게 자신의 손에 들어온(?) 한서영이 애꿎은 킹덤 조직 간의 내부마찰로 희생되는 것은 막고 싶었다.

리오넬 헤이든이 이마를 찌푸렸다.

"비켜라 듀크, 아무리 자네라고 해도 보스께 항명하는 자를 막는 건 용서하지 못해."

듀크 레이얼이 더듬거렸다.

"나, 난 항명을 하는 사람을 막는 것이 아니라 이 여자만큼은 해치지 말라고 부탁하는 거요. 보스도 이 여자를 해치는 것은 좋게 생각하지 않을 겁니다. 리오넬."

리오넬 헤이든이 굳은 얼굴로 물었다.

"그 여자가 자네에게 중요한 사람인가?"

리오넬 헤이든의 물음에 듀크 레이얼이 잠시 멈칫했다.

이내 듀크 레이얼이 머리를 끄덕였다.

"마이클 보스와 약속한 것 중에 이 여자를 데려다 달라고 한 약속이 있었소. 당신이 이 여자를 해치면 마이클 보스는 나와의 약속을 어기는 것이 되니 분명 당신에게 문책이 돌아갈 것이오. 그러니 보스의 약속을 어기게 하고 싶지 않다면 이 여자는 건드리지 말아야 할 겁니다."

듀크 레이얼의 말에 리오넬 헤이든이 이맛살을 찌푸렸다.

그로서는 듀크 레이얼과 보스인 마이클 할버레인과의 약속이 무슨 약속인지 알 수 없었다.

다만 듀크 레이얼이 다급해 하는 것으로 보아 여자가 상당히 중요한 존재라는 것은 인정하지 않을 수가 없었다.

듀크 레이얼이 힐끗 김동하를 바라보며 입을 열었다.

"다만 이자는 리오넬 보스가 마음대로 해도 상관없소."

말을 마친 듀크 레이얼이 한서영의 팔을 잡으려 손을 내밀었다.

한서영이 그의 손을 피하며 살짝 뒤로 물러섰다.

김동하의 등 쪽으로 몸을 피한 것이다.

한서영은 김동하의 뒤쪽으로 몸을 피하면서도 좀 전에 자신의 앞을 막아선 듀크 레이얼을 보며 어이가 없는 표정을 지었다.

마치 '무슨 이런 인간이 있어?'라고 말하는 듯한 표정이었다.

한서영이 자신의 앞을 막아선 듀크 레이얼을 보며 화난 표정으로 입을 열었다.

"미친놈."

한서영의 목소리가 뾰족했다.

듀크 레이얼이 한서영을 돌아보았다.

"이봐, 넌 내가 지켜 줄 테니 걱정할 필요는 없어. 그러니까 이쪽으로 와. 하지만 저 친구는 운이 없을 것 같군."

듀크 레이얼이 힐끗 김동하를 턱으로 가리켰다.

그로서는 한서영을 멀쩡한 모습으로 데려가기만 하면 그만일 뿐, 김동하가 죽든 말든 그것은 그가 상관할 일은 아니라고 생각했다.

한서영이 잠시 멍한 얼굴로 듀크 레이얼을 바라보았다.

하지만 이내 한서영의 눈이 차갑게 변했다.

"멍청한 자식. 욕도 아까운 인간이다 너는."

한서영의 입에서 싸늘한 목소리가 흘러나왔다.

듀크 레이얼이 이마를 찌푸리며 한서영을 돌아보았다.

"뭐라고? 난 널 살리려는 거야. 이 여자야. 그러니까 너는 나한테 감사해야 한다는 말이다."

한서영이 머리를 흔들었다.

더 이상 듀크 레이얼과 말상대를 할 필요도 없다고 생각한 한서영이었다.

그때였다.

김동하가 듀크 레이얼의 팔을 손으로 잡았다.

일순 듀크 레이얼은 자신의 팔목을 잡는 김동하의 손에서부터 저릿한 느낌을 받았다.

김동하가 듀크 레이얼의 팔을 잡고 자신의 앞으로 당겼다.

김동하의 눈빛이 파랗게 빛나고 있었다.

"당신은 인간으로서 자격을 잃었어. 그 대가를 받게 될 테니 저자들 속에서 함께 어울려 기다리는 게 좋을 것 같군."

한순간에 김동하가 듀크 레이얼의 몸에서 천명을 회수해 버렸다.

듀크 레이얼은 김동하가 자신의 손을 잡는 순간 온몸에서 힘이 빠져나간다는 느낌이 들었다.

"허억."

눈 한 번 깜박하는 순간에 탐스럽던 듀크 레이얼의 금발의 머리칼이 잿빛으로 변했다.

동시에 나름 미식축구로 다져놓은 그의 건장한 몸이 바람이 빠진 풍선처럼 탄력을 잃기 시작했다.

"이, 이건……."

듀크 레이얼은 한순간에 변하기 시작한 자신의 얼굴을 손으로 더듬었다.

"어, 어, 어… 이게 뭐야?"

듀크 레이얼은 자신의 얼굴을 만지는 순간, 늘 탄력을 잃지 않았던 자신의 얼굴에서 마치 구겨진 종이신문처럼 깊은 주름이 느껴지자 입을 쩍 벌렸다.

눈을 덮고 있던 눈꺼풀이 탄력을 잃고 아래로 늘어지고 통통하던 볼의 살은 추악하게 늙어가는 노인의 볼살처럼 늘어졌다.

김동하가 천명을 잃고 변해버린 듀크 레이얼을 당겨서 클린트 루먼이 있는 곳으로 가볍게 밀었다.

"이자를 잘 지켜보고 있어야 할 거야. 아직 죗값을 치러야 할 것이 많은 자니까."

클린트 루먼이 비척이며 자신의 앞쪽으로 밀려오는 듀크 레이얼을 잡았다.

"아, 알겠습니다."

한순간 김동하에게 천명을 회수당한 듀크 레이얼이 하얗게 질린 얼굴로 자신의 손을 내려다보고 있었다.

거울이 있었다면 자신의 얼굴을 비춰볼 수도 있었겠지만 이곳은 불행하게도 그가 얼굴을 비추어 볼 거울 같은 것은 보이지 않았다.

하지만 겉으로 드러난 그의 손등은 자글자글한 주름으로 가득 채워져 있었다.

"어, 어떻게 이럴 수가……."

사람의 피부는 나이가 들면 탄력을 잃고 노쇠해지는 것은 당연한 이치였다.

하지만 이렇게 순식간에 노화가 진행되는 것은 결코 있을 수 없는 일이었고 어디에서도 들어본 기억이 없었다.

하얗게 질린 얼굴로 자신의 손등을 바라보던 듀크 레이얼의 머릿속에 레이얼가의 저택에서 본 큰아버지와 큰어머니의 젊게 변한 모습이 떠올랐다.

"그, 그게 실제로 일어날 수 있었던 일이었다니……."

자신의 몸이 변한 순간 큰아버지와 큰어머니에게 일어났던 기적 같은 일들이 모두 이해가 되기 시작한 듀크 레이얼이었다.

한편 듀크 레이얼이 김동하에게 손이 잡히는 순간, 순식간에 노인의 모습으로 변하는 것을 본 리오넬 헤이든과 킹덤의 조직원들이 멍한 얼굴로 김동하와 듀크 레이얼을 번갈아 바라보았다.

"지, 지금 무슨 일이 일어난 거야?"

"저게 어떻게 된 거야?"

"듀크가 한순간에 노인으로 변했어."

"세상에……."

눈앞에서 지켜본 너무나 가공할 상황에 킹덤의 조직원들은 할 말을 잊고 연신 기적과 같은 상황에 헛바람을 삼키고 있었다.

그들의 눈에 비친 듀크 레이얼은 80대의 노인으로 변한 채 덜덜 떨리는 손으로 연신 자신의 손등을 만지며 확인하고 있는 모습이었다.

늘 입가에 미소를 잊지 않았던 로널드 쿠퍼가 미소를 잃은 채 입을 벌렸다.

"아, 악마야."

김동하가 차가운 시선으로 농막의 한쪽 벽으로 시선을 던졌다.

농막은 두 개의 칸으로 나뉘어져 있었고 다른 쪽 칸에는 아시아에서 들여온 마약을 분리하여 소포장을 진행하는 작업이 진행 중이었다.

그곳에서 100명에 가까운 사람들이 모여 있다는 것을 이미 감지한 김동하였다.

또한 그들이 머물고 있는 그쪽에서 지독한 악취가 함께 느껴지고 있었다.

김동하가 리오넬 헤이든을 보며 입을 열었다.

"이곳에서 처음으로 당신을 만났을 때 당신의 몸에서 비린내가 난다는 생각을 했지. 결코 유쾌한 냄새는 아니었

어. 하지만 그게 사람을 죽이고 난 후에 당신의 몸에 묻은 피의 비린내라는 것을 이내 알 수가 있었지. 제법 많은 사람들이 당신의 손에 죽었던 것 같더군."

김동하의 얼굴에는 살얼음이 덮여 있었다.

리오넬 헤이든의 표정이 굳어졌다.

이곳 랫섬에서 보스의 명령으로 믹서가 가동될 때 집행인은 늘 랫섬의 책임자인 도살자란 별명을 가진 리오넬 헤이든이 집행을 했다.

믹서기로 처형된 자들의 뒷수습도 리오넬 헤이든이 주도했기에 늘 그의 몸에서는 피 냄새가 흘렀다.

리오넬 헤이든이 어금니를 깨물며 김동하를 노려보았다.

"네놈이 듀크 저자에게 무슨 수작을 부린 것인지 모르지만 나한테는 통하지 않아. 이곳은 랫섬이다. 내가 이곳의 주인이라는 말이다. 이곳에 들어온 이상 살아서는 나가지 못한다는 것을 먼저 알려주지."

리오넬 헤이든의 눈에 시퍼런 살기가 떠올랐다.

킹덤 내부에서도 잔인하기로 따지면 보스인 마이클 할버레인보다 더 잔인하다고 알려질 정도로 소문난 도살자 리오넬 헤이든이었다.

2년 전 마약거래대금을 중간에 가로챈 하부조직원의 일가족을 믹서기에 넣어서 흔적조차 남기지 않고 가루로 만들어 버린 그의 잔인성은 보스인 마이클 할버레인조차 혀를 차게 만들 정도로 냉혹했다.

그에게 도살자라는 별명이 붙은 것도 살려달라고 애원하는 14살 어린 소년까지 아예 믹서기에 넣어버린 그때의 일이 계기였다.

다만 그는 평소에도 거의 몸에 총을 소지하지 않았다.

마약에 취해 오발사고로 발등을 관통한 이후부터 아예 그는 총을 소지하지 않게 된 것이다.

대신 필요할 때면 부하의 총을 뺏어서 사용하거나 아니면 주변의 다른 무기를 이용하는 것으로 대신했다.

총이 없으면 칼이든 도끼든 가리지 않고 휘둘렀기에 레이얼가의 저택을 침범한 마이클 할버레인의 측근경호원인 존 잭슨과 비교될 정도였다.

존 잭슨도 무식한 면이 많았지만 그보다 잔인한 측면에서는 리오넬 헤이든이 더 심했다.

할렘가의 주도권을 쥐기 위해 타조직이었던 헤이글파와 싸울 때 헤이글파의 조직원 두 명을 톱으로 목을 썰어 죽였다는 일화는 그의 무용담에서 빠지지 않는 일화로 유명할 정도였다.

리오넬 헤이든이 눈을 하얗게 치켜떴다.

눈동자보다 흰자위가 더 많아 보이는 백안의 눈이었다.

눈을 보는 순간 저절로 소름이 돋을 정도로 상대에겐 두려움을 안겨주는 시선이었다.

리오넬 헤이든이 총구를 겨냥하고 있던 자신의 부하 미

키 크루거와 숀 리커를 보며 낮게 지시했다.

"저놈의 다리를 쏘아라. 죽지 않을 정도로만 만들라는 말이다. 저놈의 옆에 있는 계집이 보는 앞에서 저놈의 가죽을 벗겨놓을 것이다. 어차피 믹서기로 갈아버릴 놈이지만 그 전에 살아 있는 것이 얼마나 고통스러운 것인지 처절하게 경험하게 만들어 줄 생각이다."

리오넬 헤이든의 지시가 떨어지자 총구를 겨냥하고 있던 두 명의 부하들이 총구로 김동하의 다리 쪽을 겨냥했다.

한서영이 약간 놀란 얼굴로 김동하를 올려다보고 있었다.

그럼에도 김동하는 전혀 움직일 생각이 없는 듯 차가운 시선으로 리오넬 헤이든을 쏘아보고 있었다.

이내 두 사내의 손에 들린 개머리판이 없는 FN—FAL 소총의 검은 총구에서 섬광이 튀기 시작했다.

타타타타탕—

타타탕—

김동하의 다리 쪽으로 수많은 총탄이 날아들었다.

불과 3m 정도의 가까운 거리였기에 피하거나 총알이 빗나갈 확률은 거의 없었다.

"꺅!"

총소리가 들리는 순간 한서영이 김동하의 목을 끌어안았다.

하지만 김동하는 전혀 움직이지 않았다.

놀란 한서영의 귀에 마치 쇠망치로 쇳덩이를 두들기는 듯한 소리가 들려오고 있었다.

쩌저저저정—

피피피피핑—

퍼버버버벅—

처음 소리는 총탄이 무언가에 맞아서 튕겨나가는 소리였고 그다음 소리는 튕겨진 총탄이 피탄되어 사방으로 흩어지는 소리였다.

그리고 마지막은 빗나간 총탄이 농막의 내부 이곳저곳에 박혀 들어가는 소리였다.

"저게 뭐야?"

"뭐야?"

총을 쏜 사내들이 멍한 얼굴로 김동하를 보았다.

그들의 눈에 김동하가 차가운 얼굴로 앞으로 살짝 손을 내미는 것이 보였다.

마치 손으로 총탄을 막아낸 것 같은 기묘한 동작이었다.

"비, 빗나갔어."

"아냐. 그럴 리가 없어."

총을 쏜 두 사내는 자신들이 들고 있는 총을 바라보았다.

지금까지 잘 사용했던 총이었고 단 한 번도 실수나 오발을 한 적도 없었다.

김동하의 지시로 한쪽으로 물러나서 그 모습을 지켜보고 있던 클린트 루먼이 어금니를 깨물었다.

138

저택에서는 보지 못했던 또 다른 김동하의 신위였다.

클린트 루먼은 리오넬 헤이든의 부하들이 김동하의 다리를 향해 쏜 총의 총탄이 김동하의 다리 쪽에서 생겨난 보이지 않는 벽에 막혀 뒤로 사방으로 튕겨나가는 것을 보았다.

마치 엄청나게 단단한 벽이 김동하의 앞을 막은 듯한 장면이었다.

한서영도 놀란 얼굴로 자신과 김동하의 다리를 바라보았다.

두 사내가 김동하의 다리를 쏘았다면 자신의 다리 역시 무사하지 못할 것이라고 생각했던 한서영이었지만 그녀의 다리는 너무나 멀쩡했다.

"세상에……."

김동하가 한서영의 어깨를 가볍게 감싸않았다.

"누님에게 말했던 해동무벽입니다. 이론상으로만 전해질 뿐이어서 무량기가 극성이 되지 않으면 펼칠 수 없다고 하신 스승님의 말씀이 옳았지요."

"해동무벽이라고?"

한서영이 눈을 깜박였다.

김동하가 부드럽게 웃으면서 입을 열었다.

"언젠가 누님이 근무하던 병원을 찾아갔던 날, 비가 쏟아질 때 빗방울이 몸에 닿지 않고 튕기는 것을 보여드린 적이 있었을 겁니다."

"아!"

한서영의 머릿속에 자신을 찾아왔던 김동하의 몸에서 쏟아지던 빗방울이 튕겨져 나가던 모습이 떠올랐다.

"그게 이거야?"

"원리는 비슷하지만 조금 다른 수법입니다. 무량기의 기운이 극성에 이르면 군신의 힘이라고 해도 해동무벽의 틈을 열 수 없을 것이라고 한 스승님의 말이 사실이었습니다."

"그래?"

큰 눈을 깜박이며 탄성을 흘리는 한서영은 다리를 노리고 쏟아지는 총탄까지 튕겨내는 김동하의 전율스러운 능력에 절로 입이 벌어졌다.

김동하의 말이 사실이라면 이곳에 수백 명의 사람들이 모여 있다고 해도 절대로 김동하를 건드리지 못한다는 뜻이다.

동시에 그 사실에 마음 한쪽에 안도감이 들기 시작했다.

그때였다.

부하들이 쏜 총이 단 한 발도 김동하의 몸에 격중하지 못하자 광기를 띤 리오넬 헤이든의 눈이 하얗게 뒤집혔다.

"쏴, 죽여. 계집이건 뭐건 이젠 가리지 말고 다 죽여 버리란 말이다 이 자식들아."

하얗게 눈을 뒤집은 리오넬 헤이든의 모습은 그야말로 광기에 사로잡힌 모습이었다.

리오넬 헤이든의 지시에 이내 두 사내들이 다시 총구를 겨냥했다.

이번에는 다리 쪽이 아닌 아예 김동하와 한서영의 몸을 겨냥하고 있었다.

더구나 이번에는 한 발을 앞으로 더 다가와 섰기에 이제 조금만 총구를 더 내밀면 아예 김동하와 한서영의 몸에 닿을 정도로 가까운 거리였다.

이를 악문 두 사내가 막 방아쇠를 당기기 위해 검지에 힘을 주었다.

순간 그들의 눈에 김동하가 손을 내밀어 자신들의 총구 쪽을 살짝 쥐는 것이 보였다.

"이런 망할 새끼가."

"원숭이 놈이 감히."

드르륵—

드륵—

쩌정.

콰작.

두 사람의 총에서 총알이 발사되는 순간 두 사람이 들고 있던 총의 총구가 갈라지며 엄청난 반탄력이 생겨났다.

"큭."

"악!"

총을 쏜 두 사내는 자신들의 손이 마치 부서질 것 같은 충격에 자신들도 모르게 비명을 질렀다.

그들은 김동하가 자신들의 총구를 검지와 엄지를 이용해서 납작하게 접어놓았다는 것을 인식하지 못한 것이다.

인간의 힘으로 쇠로 만든 총을 납작하게 만드는 것은 절대로 일어날 수 없는 일이라고 생각했던 두 사내였다.

하지만 그 장면을 지켜보고 있던 클린트 루먼과 김동하에게 천명을 뺏긴 사내들은 김동하의 능력을 너무나 잘 알고 있었기에 이미 이런 식으로 상황이 벌어질 것임을 예상하고 있었다.

두 사내가 망가진 총을 버리고 뒤로 물러섰다.

사내들의 손아귀가 망가진 총의 반탄력에 찢어진 것인지 시뻘건 핏방울이 바닥으로 떨어져 내렸다.

그 순간 리오넬 헤이든이 자신의 옆에 서 있던 히피차림의 루카스 패드릭의 배꼽 아래쪽에 찔러져 있던 데저트 이글을 뽑아냈다.

그야말로 한순간에 벌어진 일이었기에 루카스 패드릭이 미처 막을 틈도 없었다.

데저트 이글은 권총 중에서는 가장 강력한 위력의 성능을 가진 총이었다.

루카스 패드릭의 권총을 낚아챈 리오넬 헤이든이 단숨에 김동하의 머리를 겨누고 방아쇠를 당겼다.

타앙—

은제의 데저트 이글의 총구에서 푸른 섬광이 튀었다.

이 정도의 가까운 거리라면 10mm 이상의 철판을 관통

할 만큼 강한 위력을 가진 총이었다.

총을 쏘는 리오넬 헤이든의 얼굴이 악귀의 얼굴처럼 일그러져 있었다.

자신의 부하들이 손을 다치고 물러서는 것을 보면서 이성을 잃어버린 듯한 모습이었다.

총을 쏜 리오넬 헤이든이 김동하의 머리를 겨냥한 자세 그대로 김동하에게 다가섰다.

혹시라도 빗나갔다면 좀 더 가까운 거리에서 김동하의 머리를 뚫어버리려는 계산이었다.

하지만 그의 생각과는 달리 기묘한 상황이 벌어졌다.

쩌엉—

팅—

파악—

김동하의 머리 쪽에서 원형의 파형이 생겨나며 리오넬 헤이든이 쏜 데저트 이글의 탄환이 허공으로 튕겨 올랐다.

튕겨져 나간 총알은 농막의 천정에 박혀들면서 부서진 나뭇조각을 아래로 떨어뜨렸다.

리오넬 헤이든의 입이 살짝 벌어졌다.

"이, 이게 뭐야?"

리오넬 헤이든은 김동하가 자신이 쏜 총의 총알까지 튕겨내자 자신도 모르게 입을 벌렸다.

그가 살아오면서 인간이 총알을 튕겨낸다는 것은 소문으로조차 들어본 적이 없었다.

하지만 그런 황당한 상황이 눈앞에서 벌어지고 있었다.

"어, 어떻게……."

리오넬 헤이든이 자신의 손에 들린 총과 김동하의 얼굴을 번갈아 바라보았다.

김동하는 리오넬 헤이든이 쏜 총이 자신이 펼친 해동무벽의 무량기를 건드리자 순간 자신의 무량기가 흐트러질 뻔했다는 것에 얼굴을 굳히고 있었다.

해동무벽은 무량기를 중첩하여 마치 강막처럼 펼쳐놓는 것을 말한다.

강력한 무량기의 기운을 겹겹으로 쌓아 수화(水火)가 근접하지 못하게 만들 정도로 강력한 방어막이었지만 그런 해동무벽이 흔들릴 정도로 이번 총격은 강력했다.

그때였다.

농막의 다른 칸에서 일단의 사내들이 놀란 얼굴로 몰려나왔다.

마약 분배작업실에서 분배작업을 하고 있던 랏섬의 책임자인 리오넬 헤이든의 부하들이었다.

그들은 작업장 밖의 농막에서 연이어 총격소리가 들리자 분배작업을 중단하고 나온 것이다.

작업실에서 나온 사내들은 보스인 리오넬 헤이든과 일단의 사내들이 서로 대치하고 있는 것을 보며 얼굴을 굳혔다.

"리오넬, 이게 어떻게 된 겁니까? 무슨 일입니까?"

작업실에서 분배작업을 진행하고 있던 리오넬 헤이든의 부하 한 명이 다급하게 물었다.

리오넬 헤이든이 이를 갈았다.

"여기 있는 놈들 모두 죽여. 한 놈도 살려놓지 마라."

리오넬 헤이든이 김동하와 한서영을 비롯해 클린트 루먼과 한쪽으로 물러섰던 사내들을 바라보며 악에 받친 듯 소리쳤다.

그의 말에 부하가 멍한 얼굴로 보스인 리오넬 헤이든이 가리킨 방향을 바라보았다.

그의 눈에 킹덤의 이인자로 알려진 클린트 루먼의 얼굴이 보였다.

리오넬 헤이든이 죽이라고 지시한 사람이 클린트 루먼이라면 그것은 리오넬 헤이든이 하극상을 일으킨 것이란 뜻이다.

킹덤에서 하극상은 말 그대로 이유도 따지지 않고 즉결처형에 처해지는 중대한 죄 중 하나였다.

이해가 되지 않는다는 얼굴로 눈을 껌벅이던 부하가 리오넬 헤이든을 바라보았다.

리오넬 헤이든이 이를 갈았다.

"멍충아. 다 죽이라는 말 못 들었어?"

부하가 더듬거렸다.

"크, 클린트 보스까지 말입니까?"

"그래. 단 한 놈도 살려놓지 마라. 클린트건 뭐건 한 놈도 남기지 말고 모두 다 죽여."

리오넬 헤이든의 눈에 광기가 떠올라 있었다.

작업실에서 몰려나온 사내들이 서로를 바라보다가 성큼 앞쪽으로 나섰다.

하극상이건 뭐건 그것을 따지는 것은 나중의 일이다.

지금은 당장 보스가 직접 내린 명령을 수행하는 것이 먼 저였다.

다만 그들은 작업실에서 뛰쳐나오면서 별다른 무장을 하 지 않았다.

마약을 분배하여 소포장하는 작업 중에는 자신들이 사용 하는 총기는 한쪽에 따로 보관해서 놓아두었기에 지금은 별다른 무기가 없었다.

그때 김동하가 힐끗 뒤쪽을 바라보았다.

김동하의 눈에 하얗게 질린 얼굴로 존 잭슨을 부축하고 서 있는 사내의 얼굴이 들어왔다.

레이얼가의 저택에 침범해서 유일하게 멀쩡한 모습으로 걸어 나왔던 게릿 주피거였다.

김동하가 게릿 주피거를 보며 입을 열었다.

"내가 타고 온 차의 뒤쪽을 살펴보면 쇠꼬챙이 하나가 있 을 거야. 그걸 가져와."

김동하의 목소리는 낭랑했다.

게릿 주피거가 흠칫했다.

레이얼가의 별채에서 김동하에게 제압당하기는 했지만

김동하가 자신에게 직접 이런 식으로 지시를 내릴 것이라 곤 생각하지 못했다.

하지만 자신도 모르게 김동하의 말에 반응했다.

"쇠, 쇠꼬챙이라고요?"

김동하가 머리를 끄덕였다.

"그래. 레이얼가에서 가져온 쇠꼬챙이가 그곳에 있을 거야."

순간 게릿 주피거의 머릿속에 레이얼가에서 보았던 하나의 광경이 떠올랐다.

김동하가 레이얼가의 거실 한쪽에 만들어져 있던 벽난로에서 화목용 쇠꼬챙이를 한순간에 날카로운 검으로 만들던 소름끼치는 광경이었다.

지금 김동하가 말하는 쇠꼬챙이가 그 화목용 쇠꼬챙이를 말하는 것임을 단번에 알아차렸다.

"아, 알겠습니다."

다행히 게릿 주피거가 물러난 방향이 농막의 입구 쪽이었기에 농막을 빠져나가는 것은 어렵지 않았다.

그가 부축하고 있던 존 잭슨의 팔을 내려놓고 재빨리 농막을 빠져나갔다.

그때 농막의 작업실에서 마약분배작업을 하고 있던 리오넬 헤이든의 부하들이 모두 밖으로 몰려나오고 있었다.

킹덤의 안가이자 처형장으로 알려진 랏섬의 책임자는 리오넬 헤이든이었다.

그런 리오넬 헤이든의 지시는 지금 상황에서는 킹덤의 보스 마이클 할버레인의 지시보다 우선하는 명령이었다.

그 때문에 리오넬 헤이든의 지시가 떨어지자 작업장에서 모두 몰려나오게 된 것이다.

일부 부하들의 손에는 작업장에서 사용하는 짧은 칼이 들려 있었고 일부는 개인적으로 가지고 있던 총까지 들고 있었다.

근 100명이 넘는 인원이 몰려나오자 김동하의 팔을 잡고 있던 한서영도 놀란 표정으로 몰려나온 사내들을 바라보았다.

한순간에 농막 안은 건장한 사내들로 가득했다.

작업장에서 몰려나온 사내들은 보스인 리오넬 헤이든의 앞에 서 있는 김동하와 한서영을 보며 눈을 반짝였다.

랏섬에서는 흔하게 볼 수 없는 여자까지 섞여 있다는 것에 놀라는 것이다.

랏섬에서 여자를 볼 수 있는 경우는 킹덤의 보스인 마이클 할버레인이 랏섬을 방문할 때뿐이었다.

마이클 할버레인이 움직일 때마다 그의 곁에는 경호원 외에 늘 몇 명의 여자들이 마치 마이클 할버레인의 시중을 들 듯 동행했다.

그때는 랏섬에서도 여자 구경을 할 수가 있었다.

하지만 지금은 마이클 할버레인도 없는 상황이었기에 여자가 있다는 것이 무척 의외로 느껴졌다.

더구나 마이클 할버레인의 방문 때 익숙하게 보았던 금발의 여인이 아니라 생소한 동양여인이라는 사실은 좀 더 이색적인 느낌이었다.

그때 김동하의 지시로 밖으로 나갔던 게릿 주피거가 다급하게 다시 농막으로 돌아왔다.

킹덤의 부하였지만 지금은 왠지 김동하의 부하가 된 것 같은 느낌이 들었다.

하긴 리오넬 헤이든의 지시로 모두 죽이라는 명령이 떨어졌다면 같은 킹덤의 조직원들이라고 해도 절대로 살아남을 수 없다는 것을 그 역시 알고 있었다.

그 때문에 지금은 살아남기 위해서는 믿어지지 않는 능력을 가진 김동하를 믿는 것 외에는 다른 방도가 없었다.

게릿 주피거가 빠른 걸음으로 다가와 김동하에게 캠리의 뒷좌석에 놓여 있던 화목용 쇠꼬챙이를 건넸다.

"여기 있습니다."

김동하가 말없이 그가 내민 쇠꼬챙이를 받았다.

자신의 손에 의해 화목용 쇠꼬챙이에서 날카로운 검으로 변해버렸다.

비록 진검보다 가볍긴 하지만 김동하가 날을 세운 탓에 보기만 해도 섬뜩할 정도로 예기가 느껴졌다.

김동하가 쇠꼬챙이를 들고 무게를 가늠하듯 살짝 흔들어 보았다.

화목용으로 사용하기 위한 나무로 만든 손잡이가 달려

있을 뿐 아무런 장식도 없는, 그야말로 말 그대로 쇠꼬챙이였다.

진검이라면 손을 보호하기 위한 호수(護手) 고동이 달려 있겠지만 지금은 아무런 장식도 없는 면이 넓은 쇳조각으로 보일 뿐이었다.

다만 달라진 것이 있다면 화목용 쇠꼬챙이에 달려 있었던 갈고리처럼 생긴 침이 사라졌다는 것뿐이었다.

화목용 쇠꼬챙이는 화목을 밀어 넣거나 끌어낼 때 편리하게 사용할 수 있는 갈고리가 달려 있는 것이 정상이었지만 김동하가 레이얼가의 저택에서 이것을 손볼 때 그것을 떼어내어 버렸다.

김동하는 가볍긴 하지만 익숙한 검의 느낌이 마음에 들었다.

한 손에 화목용 쇠꼬챙이를 변형시킨 검을 든 김동하가 한서영을 바라보았다.

"잠시 떨어져 있어야 할 것 같습니다."

김동하의 말에 한서영이 굳은 얼굴로 머리를 끄덕였다.

평소라면 김동하의 곁에서 떨어질 생각을 하지 않았을 한서영이었지만 지금은 전혀 다른 상황이었다.

자신이 김동하의 곁에 있게 되면 김동하에게 방해가 될 것임을 알았다.

김동하가 불안해하는 한서영의 등을 토닥였다.

"누구도 누님을 건드리지 못할 것이니 안심해도 될 겁니

다. 단 이곳에서 움직이지 말아야 합니다."

한서영이 눈을 깜박였다.

"여기서 움직이지 말라고?"

"예. 제가 말한 이곳에서 어떤 일이 있어도 움직여서는
안 됩니다. 해동무벽의 좋은 점은 분경을 할 수 있다는 것
이지요."

"분경? 그게 뭐야?"

한서영의 큰 눈이 깜박이고 있었다.

지금의 상황이라면 그 어떤 여인이라도 겁에 질리거나
두려움을 가져야 정상이지만 한서영은 전혀 그런 느낌을
가지지 않았다.

다만 김동하가 다칠 것만을 염려했다.

김동하가 한서영의 얼굴을 바라보며 입을 열었다.

"분경이라는 것은 제 힘을 나눈다는 뜻입니다. 이렇
게······."

김동하가 한서영의 주변으로 자신의 몸에 가득한 무량기
의 기운을 밀어냈다.

순간 아지랑이 같은 김동하의 기운이 한서영의 주변에
마치 벽을 두르듯 겹쳐지기 시작했다.

"아······."

한서영이 놀란 얼굴로 아지랑이 같은 기운을 바라보았
다.

김동하가 부드럽게 웃으며 입을 열었다.

"제가 해제하지 않는다면 그 누구도 누님의 근처로 다가갈 수 없을 겁니다."

김동하의 말에 한서영이 눈을 깜박였다.

지금과 같은 상황에서도 김동하가 자신의 안전을 배려하는 것에 놀란 것이다.

100명이 넘는 사람들과 대처하는 상황에서도 자신을 위해 힘을 나누는 김동하가 너무나 고맙게 여겨지는 한서영이었다.

김동하가 한서영을 힐끗 보며 이내 자신이 펼친 무량기의 기운이 중첩된 해동무벽을 열고 앞으로 나섰다.

다른 사람들의 눈에는 그저 김동하가 한서영을 떼어놓고 앞으로 나서는 것으로 보일 것이었다.

김동하가 앞으로 나서면서 나직하게 입을 열었다.

"당신들의 몸에 쌓인 업보가 너무 짙어 태어나 처음으로 유부의 계를 열 생각이다. 당신들의 몸에 쌓인 죄업이 본인이 원해서 쌓인 것이 아니라 해도 그 죄의 삯은 어떻게든 치러야 할 것이니 나를 원망하지 않기를 바란다."

김동하의 입에서 흘러나온 목소리는 참으로 낭랑했다.

듣고 있던 리오넬 헤이든이 이를 갈았다.

"미친놈, 여기가 어떤 곳인지 몰랐다는 것이 네놈의 실수다. 넌 절대로 여기서 살아 나갈 수 없을 거야. 이 자식아."

리오넬 헤이든은 김동하가 하는 말을 알아들을 수가 없

152

었다.

그리고 차분하게 김동하의 말을 들어 줄 생각도 없었다.

단번에 김동하의 가죽을 벗겨내 버리고 싶은 심정이었다.

그의 눈앞에 서 있는 김동하는 총으로도 죽일 수 없는 말 그대로 악마 같은 인간이었기에 두려움이 곧 살의로 바뀌어 버린 것이다.

리오넬 헤이든이 부하들을 돌아보며 입을 열었다.

"이 새끼를 가장 먼저 잡는 놈에게 100만불을 건다. 죽여도 좋아. 쏴 죽이건 찔러 죽이건 마음대로 해."

리오넬 헤이든의 말에 부하들의 얼굴이 굳어졌다.

100만불이라면 킹덤의 보스인 마이클 할버레인도 마음대로 할 수 없는 거금이었지만 킹덤의 마약사업을 관리하는 리오넬 헤이든이라면 거짓말이 아닐 것이다.

실제로 100만불의 돈을 지급하는 것이 아니라 100만불에 해당하는 헤로인을 공짜로 넘겨받게 될 것이라는 의미임을 단번에 알아차렸다.

100만불의 헤로인이라면 잘만 굴리면 2배에서 3배까지 이익을 남길 수도 있다.

그리고 마약사업을 주관하고 있는 리오넬 헤이든의 결정이라면 보스인 마이클 할버레인도 어쩔 수 없을 것이다.

리오넬 헤이든이 이를 악물며 뒤로 물러서며 입을 열었다.

"네놈과 함께 온 저 계집은 약을 먹여 내 부하들이 마음껏 가지고 놀다 캔시코의 물고기 밥으로 던져줄 테니 너야말로 원망하지 말거라."

리오넬 헤이든은 총이 통하지 않는 김동하가 두렵긴 했지만 백 명이 넘는 부하들이 한꺼번에 달려든다면 김동하도 어쩔 수 없을 것이라고 생각했다.

그때였다.

"비켜."

"내가 먼저야."

리오넬 헤이든이 100만불의 포상금을 언급하자 그것을 먼저 차지할 욕심이 생긴 부하 두 명이 순식간에 김동하의 앞으로 달려들었다.

한눈에 보아도 체격이 황소처럼 우람한 검은 피부를 가진 사내들이었다.

두 명의 사내는 자신의 몸 절반도 되지 않을 것 같은 빈약한(?) 체격의 김동하를 단숨에 깔아 뭉개버리려는 듯 몸으로 덮쳐왔다.

두 사내가 움직이자 다른 사내들도 다급하게 김동하에게 달려들었다.

이곳에서 마약 소포장의 작업을 하면서도 한 달에 1만불 정도의 배당금을 받는 것이 전부인 부하들이었다.

그런 그들에게 100만불이라는 거금은 눈을 뒤집게 하기에 충분했다.

"내가 먼저야."

"시부랄."

사내들은 거의 눈에 광기를 띠고 있었다.

이런 기회는 흔하게 오는 것이 아니라는 것이 아니었기에 리오넬 헤이든이 약속한 100만불의 거액은 그 어떤 유혹보다 솔깃했다.

사람들이 많았기에 총을 쏠 수도 없었다.

총을 쏠 경우 같은 동료들이 다칠 수도 있다는 것을 알고 있었기에 완력이나 주먹질로 김동하를 제압하려는 것이었다.

그리고 오히려 그것이 사내들에게는 더 편했다.

두 명의 검둥이들이 달려들자 마치 경쟁하듯 사내들이 달려들었다.

김동하의 눈빛이 가라앉았다.

한쪽으로 물러선 리오넬 헤이든의 눈이 번들거리고 있었다.

총알을 막아내는 악마 같은 능력을 가진 김동하였지만 이렇게 수십 명이 한꺼번에 달려들면 감당하지 못할 것이라고 생각했다.

그의 눈이 한쪽에 굳은 얼굴로 서 있는 한서영이 보였다.

그의 어금니가 깨물어졌다.

"저년은 내가 잡는다."

이를 악문 리오넬 헤이든이 부하들에게 둘러싸인 김동하

를 힐끗 보다 이내 한서영이 있는 곳으로 움직였다.

그의 손에 들린 데저트 이글의 손잡이가 축축해진 느낌이 들었다.

한서영에게 다가가던 리오넬 헤이든의 시선에 한쪽으로 물러서 있던 클린트 루먼과 레이얼가를 습격했던 킹덤의 부하들 모습이 들어왔다.

어떻게 된 일인지 이런 아수라장에서도 그들은 도망을 칠 생각이나 몸을 피할 생각도 하지 않는 듯 김동하를 바라보고 있었다.

"망할 배신자 새끼."

리오넬 헤이든이 약간 놀란 얼굴로 김동하를 바라보고 있는 클린트 루먼을 쏘아보았다.

그가 킹덤의 이인자라는 이유로 늘 그의 앞에서 주눅이 들었던 지난날이 머리를 스쳐갔다.

이번 일이 끝나면 보스인 마이클 할버레인에게 부탁해 자신의 손으로 클린트 루먼의 처형을 집행할 생각이었다.

자신의 발아래 엎드려 공포에 물든 시선으로 자신을 바라보는 클린트 루먼에게 잔인한 도살자의 진정한 힘을 보여줄 생각이었다.

하지만 그보다는 지금 눈앞에 두려움에 가득한 얼굴로 총알마저 튕겨내는 악마 같은 인간을 바라보고 있는 계집을 잡는 것이 먼저였다.

그가 한서영에게 다가서는 순간 한서영이 고개를 돌려

리오넬 헤이든을 바라보았다.

한서영의 눈에 놀란 표정이 떠올랐다.

"어머나."

한서영의 입에서 다급한 목소리가 흘러나왔다.

김동하가 해동무벽이라는 방호벽을 설치했다고 하지만 그것이 눈에 보이지도 않았기에 자신도 모르게 비명을 지른 것이다.

한서영의 가까이 접근한 리오넬 헤이든이 이를 드러내며 웃었다.

"흐흐, 망할 듀크 저 자식이 왜 널 끌고 오라고 한 것인지 이제야 알겠구나."

한서영의 가까이 접근한 리오넬 헤이든의 눈이 번들거렸다.

한서영의 얼굴을 이렇게 가까이에서 보는 순간 그제야 한서영의 탁월한 미모를 확인할 수가 있었던 것이다.

"이리 와. 네년은 내손으로 보스에게 넘겨주어야 할 것 같다."

징그러운 미소를 머금고 손을 내밀던 리오넬 헤이든의 얼굴이 굳어졌다.

지릿—

한서영의 머리칼을 낚아채려고 내밀던 그의 손끝이 무언가에 의해 막힌다는 느낌과 함께 마치 전기가 통하는 느낌이 왔다.

"큭."

전기가 통하는 느낌에 놀란 듯 손을 움츠리는 리오넬 헤이든의 얼굴이 딱딱하게 굳었다.

"이게 뭐야?"

그가 다시 손을 앞으로 내밀었다.

툭—

지리리릿—

보이지 않는 투명한 막이 그의 앞을 가로막은 듯했다.

막을 건드리는 순간 온몸에서 전기라 흐르는 통증이 느껴졌다.

한서영은 자신을 향해 손을 내밀던 리오넬 헤이든이 놀란 표정으로 물러서는 것을 보며 입을 벌렸다.

김동하의 말대로 자신의 주변에 보이지 않는 보호막이 둘러져 있음을 그제야 실감했다.

숨소리까지 들을 수 있을 정도로 리오넬 헤이든과 가까운 거리였지만 리오넬 헤이든은 절대로 김동하가 펼쳐놓은 그 보호막의 안으로 들어올 수 없다는 것을 눈치챈 한서영이었다.

하지만 그럼에도 한서영은 자신도 모르게 뒤로 한 발짝 물러섰다.

김동하가 절대로 움직이지 말라고 했음에도 본능적으로 리오넬 헤이든과의 거리를 넓히려는 움직임이었다.

한서영이 물러서자 리오넬 헤이든의 표정이 사나워졌다.

"뭐 이런 개 같은 일이……."

놀란 리오넬 헤이든의 이마에 주름이 패었다.

눈앞에 그저 손을 내밀면 잡을 수 있을 것 같은 한서영의 주변에 보이지 않는 막이 둘러져 있음을 그제야 안 것이다.

"망할."

이를 깨물며 이마를 찌푸린 리오넬 헤이든이 오른손에 들린 데저트 이글을 내려다보았다.

"갓뎀. 이것도 막는지 한번 두고 보자."

리오넬 헤이든이 데저트 이글을 들어 한서영의 미간을 겨누었다.

한서영의 표정이 굳어졌다.

김동하가 펼친 보호막이 있음에도 자신의 미간을 향해 총구를 겨누는 리오넬 헤이든의 행동에 두려웠기 때문이다.

그때였다.

쩌저저저정.

콰드드드드득—

"크악."

"악."

"끄아아아아아."

와당탕—

콰지지지직—

엄청난 폭음과 함께 한순간에 사방에서 비명소리가 몰아
쳤다.

놀란 리오넬 헤이든이 머리를 돌렸다.

순간 리오넬 헤이든의 얼굴이 딱딱하게 굳어졌다.

그의 눈에 비친 것은 오른손에 은빛의 검을 들고 허공에
둥실 떠있는 김동하의 모습이었다.

김동하의 몸 주변에서 너무나 신기한 푸른빛이 흘러나와
사방으로 뿌려졌다.

"이, 이게 무슨……."

리오넬 헤이든의 턱이 덜덜 떨리고 있었다.

좀 전까지 작업실에서 자신과 함께 마약 분배작업을 하
고 있던 부하들 수십 명이 팔다리가 잘린 채 널브러져 있
었다.

다치지 않은 부하들은 농막의 한쪽으로 밀려난 모습이었
다.

"사, 사람이 아니야."

"시팔 악마야."

"오 하나님."

"도, 도망쳐야 해."

김동하의 엄청난 신위 앞에 밀려난 랏섬의 부하들은 공
포에 질려 있었다.

더구나 농막의 천정은 말 그대로 폭탄을 맞은 것처럼 뻥
뚫렸다.

그 가운데 마치 유령처럼 공중에 떠 있는 김동하의 모습은 귀신의 모습을 보는 것처럼 무서웠다.

몇 명의 부하들이 김동하의 무서운 모습에 도망을 가려고 문 쪽으로 달려갔다.

순간 허공에 떠 있던 김동하의 손에 들린 화목용 쇠꼬챙이가 가볍게 흔들렸다.

피피피핏—

마치 시위에서 떠난 화살이 허공을 가르는 것 같은 날카로운 소리가 허공에 퍼졌다.

순간 농막의 입구 쪽으로 달아나려던 작업실의 부하들이 비명을 지르며 바닥으로 나뒹굴었다.

"끄아아악."

"아악."

"내 다리."

달아나려던 사내들의 다리가 마치 작두 같은 날카로운 것에 잘린 듯 바닥에 나뒹굴었다.

바닥에 쓰러진 자들의 귀에 김동하의 목소리가 들렸다.

"유부의 계를 연 이상 나의 허락 없이 단 한 명도 이곳을 떠나지 못한다. 떠나려면 두 팔과 다리를 스스로 잘라서 자신들이 지은 죄의 삯으로 내놓거라."

너무나 차가운 김동하의 말이었다.

김동하는 처음으로 너무나 잔인한 살계를 열고 있었다.

허공에 떠 있던 김동하의 시선이 한서영에게 다가서 있

던 리오넬 헤이든을 발견했다.

"너의 몸에서 흘러나오는 비린내는 참으로 견디기 힘들구나. 그리고 비열한 자이기도 하고."

리오넬 헤이든과 김동하와의 거리는 10m 정도는 되었지만 리오넬 헤이든은 마치 김동하가 자신의 귀에 귓속말을 하는 듯한 느낌이 들었다.

또한 김동하의 시선을 받는 순간 마치 올가미가 자신의 몸을 옭아맨 듯 단 한 발자국도 움직이지 못했다.

한서영에게 겨누고 있던 데저트 이글을 내리고 싶었지만 그런 그의 손도 움직이지 않았다.

"이, 이게……."

그가 손을 내리려고 움직였지만 그의 손이 움직여지지 않았다.

리오넬 헤이든의 이마에 끈적한 땀이 흘렀다.

머리를 돌린 리오넬 헤이든이 허공에 떠 있는 김동하를 바라보았다.

리오넬 헤이든의 손이 덜덜 떨리고 있었다.

순간 허공에 떠 있던 김동하의 손이 가볍게 움직였다.

피리리리릿—

날카로운 휘파람소리 같은 파공음이 들린 것은 김동하가 손을 움직인 것과 동시였다.

리오넬 헤이든은 김동하가 손을 움직이는 순간 은빛의 섬광이 마치 자신의 눈 속으로 파고들어온다는 느낌이 들

조선남자
朝鮮男子

162

었다.

"큭."

리오넬 헤이든은 한서영의 머리를 겨냥하고 있던 데저트 이글을 들고 있는 자신의 오른팔 어깨 쪽에서 뜨끔한 느낌이 들었다.

동시에 무언가 그의 몸에서 떨어져 내렸다.

머리를 숙인 리오넬 헤이든의 눈에 은제의 데저트 이글을 들고 있는 낯익은 물체가 들어왔다.

그것은 너무나 예리하게 잘려나간 자신의 팔이었다.

"커컥."

리오넬 헤이든의 눈이 치켜떠졌다.

그가 머리를 돌려 자신의 팔을 확인하자 당연히 있어야할 자신의 팔이 어깨 쪽부터 잘려나간 채 황량하게 비어져 있는 것이 눈에 들어왔다.

"크아아아악."

그제야 그의 입에서 비명소리가 터져 나왔다.

김동하의 목소리가 다시 들렸다.

"너의 두 다리도 회수한다."

피리리리리릿—

서걱—

또다시 온몸의 신경을 곤두서게 만드는 날카로운 파공음이 들려왔고 이내 그의 두 다리의 정강이 쪽에서 따끔한 느낌이 들었다.

와당탕—

한순간에 리오넬 헤이든이 마치 통나무가 쓰러지듯 바닥으로 쓰러졌다.

그의 눈에 날카롭게 잘려나간 두 개의 다리가 잘린 것도 모르는 듯 바닥에 서 있는 것이 보였다.

구두를 신고 있는 두 개의 다리가 무릎까지 잘린 채 서 있는 모습은 너무나 기괴했다.

"어허허허 내 다리."

리오넬 헤이든은 자신의 다리까지 잘린 것을 보며 울부짖었다.

랏섬의 보스인 리오넬 헤이든이 제대로 된 반격조차 하지 못하고 그대로 팔과 다리가 잘려나가는 것을 본 리오넬 헤이든의 부하들이 눈을 부릅떴다.

덜커덕—

철컥—

무언가 바닥에 떨어지는 소리가 요란하게 들려왔다.

그것은 김동하의 엄청난 신위에 도망을 치듯 밀려난 리오넬 헤이든의 부하들이 손에 들고 있던 것을 바닥으로 떨어트리는 소리였다.

작은 칼과 총까지 모두 바닥으로 떨어져 내렸다.

항거할 생각이나 싸워야 할 전의까지 몽땅 한순간에 사라져 버린 리오넬 헤이든의 부하들이었다.

그들의 눈에 비친 김동하는 인간이 아닌 신의 모습이었다.

허공에 떠 있는 김동하의 머리 위쪽은 근 4m가 넘는 큰 구멍이 뚫려 있었다.

김동하의 엄청난 신위에 농막의 지붕이 견디지 못하고 터져 나간 것이다.

뚫린 농막의 천정 구멍 사이로 희미하게 동이 터오는 듯 하늘의 여명이 보이고 있었다.

리오넬 헤이든의 부하들이 공포에 질려 하얗게 굳은 얼굴로 바닥에 엎드렸다.

그들로서는 지금까지 살아오면서 가장 두려운 순간을 맞이하고 있었다.

랏섬의 지배자 리오넬 헤이든의 부하들이 전의를 버리고 아예 굴종을 하는 듯한 모습을 보이자 허공에 떠 있던 김동하가 천천히 바닥으로 내려왔다.

그 모습이 마치 천신이 강림을 하는 듯 신비롭고 경외감이 들었다.

바닥으로 내려선 김동하가 힐끗 주변을 둘러보았다.

단 일합이었다.

하지만 그 일합에 랏섬에서 마약을 분배하던 리오넬 헤이든의 부하 30여 명이 팔과 다리를 잃고 폐인으로 변해 버렸다.

그 광경은 너무나 섬뜩했다.

만약 김동하가 그들의 생명을 뺏기로 결정했다면 이곳에서 살아 있는 사람은 아무도 없을 것이다.

바닥으로 내려선 김동하가 천천히 주변을 돌아보다가 이 내 걸음을 옮겼다.

김동하가 향하는 곳은 한서영의 앞에서 팔과 다리를 잃고 버둥거리고 있는 리오넬 헤이든이었다.

팔과 다리를 잃은 리오넬 헤이든의 모습은 마치 짐승처럼 보였다.

김동하가 움직이고 있었지만 그 누구도 움직이지 못하고 있었다.

한 발자국이라도 움직이게 되면 자신들도 리오넬 헤이든과 같은 모습으로 변하게 될 것 같은 두려움 때문이었다.

저벅저벅―

김동하가 천천히 바닥에서 버둥거리고 있는 리오넬 헤이든을 향해서 걸음을 옮겼다.

리오넬 헤이든은 김동하가 자신을 향해 다가오자 공포심으로 인해 심장이 입으로 튀어나올 것 같은 두려움을 느끼고 있었다.

하지만 그보다 더 두려움에 떨고 있는 사람은 한쪽으로 물러서서 이 모든 광경을 지켜본 클린트 루먼의 뒤쪽에 서 있는 듀크 레이얼이었다.

김동하에게 천명을 뺏긴 탓에 이제는 80대의 노인으로 변해버린 듀크 레이얼은 그저 한국에서 건너온 의사라고 생각했던 김동하가 신의 능력을 가진 인간이라는 사실에 온몸을 떨고 있었다.

더구나 자신을 클린트 루먼에게 넘겨준 김동하가 자신의 죄악에 대해 치러야 할 삯이 아직도 남아 있다고 했던 말이 잊히지 않았다.

덜덜덜—

이제는 볼품없는 비루한 노인의 모습으로 변한 듀크 레이얼이 사시나무 떨 듯 몸을 떨어대고 있었다.

"이, 이건 있을 수 없는 일이야. 믿을 수 없어."

자신의 눈으로 확인한 광경이었지만 지금까지 자신이 본 것을 믿지 않으려는 나약한 몸부림이었다.

클린트 루먼이 힐끗 듀크 레이얼을 돌아보았다.

"이걸 보고도 믿지 않는다는 말인가?"

클린트 루먼의 목소리는 담담했다.

이미 모든 것을 체념하고 있었기 때문이었다.

듀크 레이얼이 몸을 흔들었다.

"나, 난 이대로 죽을 수는 없어. 살아야 해. 꼭 살아야 해."

듀크 레이얼의 말에 클린트 루먼이 피식 웃었다.

"자네의 눈에는 저들도 같은 생각을 하고 있을 것이라는 느낌이 들진 않는가?"

클린트 루먼이 김동하가 펼친 신과 같은 능력으로 인해 팔다리가 잘린 채 신음하고 있는 리오넬 헤이든의 부하들을 바라보았다.

그들도 한사코 자신의 잘려나간 팔과 다리에서 흘러나온

피를 막으려고 버둥거리고 있었다.

그들과 달리 팔다리는 잘리지 않았지만 천명을 회수당하여 노인으로 변한 듀크 레이얼은 너무나 허탈했다.

클린트 루먼이 낮은 목소리로 입을 열었다.

"우리들도 레이얼가의 저택에서 저분을 만나 죽음의 직전에서 살아남을 수 있었지. 그리고 우리 역시 자네와 마찬가지로 죄의 삶을 다 치르지 못했다고 하더군. 난 이제 별로 고통스러운 느낌은 없어. 그냥 나에게 주어진 운명이라고 생각하고 받아들이기로 마음먹었단 말이지. 그렇게 생각하니 편해지더군 그래. 자네도 그렇게 생각하는 것이 좋을 거야. 그 무엇으로도 저 분을 이길 수는 없을 테니까 말이야."

클린트 루먼의 말에 듀크 레이얼이 다리에 힘이 풀린 듯 털썩 주저앉았다.

클린트 루먼의 말을 들으면서 이미 그가 삶에 대한 희망을 포기했다는 것을 느꼈기 때문이었다.

클린트 루먼이 바닥으로 주저앉는 듀크 레이얼을 보며 다시 입을 열었다.

"참, 잊을 뻔했는데 자네에게 말하지 않은 것이 있어. 자네가 마이클 할버레인에게 부탁했던 토마스 레이얼 회장과 그 가족을 처리하는 일은 실패했어. 저 분이 자네의 큰 아버지인 토마스 회장을 지키고 있었단 말이야. 결국 자네는 욕심을 내던 레이얼 시스템과 자네의 혈육까지 한꺼번

에 모두 잃은 셈이 되겠군 그래."

"크ㅎㅎㅎㅎ."

클린트 루먼의 말을 들은 듀크 레이얼의 입에서 기괴한 짐승의 울음소리 같은 울음소리가 터져 나왔다.

한편 바닥에 쓰러진 리오넬 헤이든의 앞으로 다가선 김동하가 발걸음을 멈추었다.

김동하가 살며시 손을 내밀어 자신이 한서영의 주변으로 펼쳐놓은 무량기를 중첩해 놓은 해동무벽의 기운을 다시 갈무리했다.

한서영은 자신의 주변에서 느껴지던 포근한 느낌의 기운이 삽시간에 사라지는 것을 실감했다.

여전히 익숙해지지 않는 김동하의 권능에 대한 새로운 체험이었다.

한서영이 재빨리 김동하의 곁으로 다가섰다.

김동하가 한서영의 어깨를 안아주면서 빙긋 웃었다.

"아무도 건드리지 못할 것이라고 하지 않았습니까?"

한서영의 눈이 반짝였다.

"믿었어. 동하의 말을 믿었어."

한서영은 당연하다는 듯이 김동하의 팔을 자신의 품에 꽉 껴안았다.

한서영이 자신의 팔을 껴안자 김동하가 바닥에 쓰러져 버둥거리는 리오넬 헤이든을 내려다보았다.

"당신이 치러야 할 대가는 이것으로 끝나지 않을 것임을 알고 있겠지?"

김동하의 목소리는 너무나도 차가웠다.

리오넬 헤이든이 버둥거리며 머리를 들었다.

그의 얼굴은 땀과 눈물 그리고 농막의 바닥에 떨어져 있
던 흙먼지로 인해 너무나 참혹하게 변해 있었다.

리오넬 헤이든이 눈물을 흘리며 입을 열었다.

"사, 살려주시오. 제발… 크흐흐흐흐."

김동하가 차가운 목소리로 대답했다.

"가졌던 것이 많았던 인간일수록 버려야 할 것에 더 집착
하는 법이지. 당신을 어떻게 처리할 것인지는 당신이 무엇
을 할 수 있는 것인지 들어보고 결정하게 될 거야."

말을 마친 김동하가 클린트 루먼을 돌아보았다.

"당신은 이곳을 정리하도록 해. 쓸데없는 짓을 해도 좋
지만 그 결과는 그다지 좋은 것이 아닐 거란 것을 명심하
고 말이야."

김동하의 말에 클린트 루먼이 정중하게 이마를 숙였다.

"딴 생각을 품을 마음은 없습니다."

이미 김동하에게 항거할 생각 따위는 버려버린 클린트
루먼이었다.

랏섬의 책임자인 리오넬 헤이든이 김동하의 손에 의해
무너진 이상 이곳 랏섬은 이제 킹덤의 이인자인 클린트 루
먼의 명을 거역할 사람은 없었다.

클린트 루먼이 물러나 있던 부하들을 데리고 난장판으로

변한 상황을 정리하기 시작했다.

항상 웃음기가 많았던 킹덤의 조직원인 로널드 쿠퍼와 히피차림의 루카스 패드릭과 보우 로빈슨까지 겁에 질린 얼굴로 클린트 루먼의 지시에 따라 농막을 정리하기 시작했다.

부상자는 한곳으로 모으고 바닥에 흥건하게 고여 있던 핏자국도 지웠다.

이미 날은 환하게 밝아오고 있었고 열려진 농막의 창문 밖으로 캔시코 호수의 물 위로 피어오르는 물안개의 모습이 보였다.

농막을 정리하고 있던 클린트 루먼의 지시를 받은 것인지 김동하와 한서영이 서 있는 곳으로 두 개의 의자를 든 게릿 주피거가 다가왔다.

"여기에 앉으십시오."

게릿 주피거는 이제 완전하게 김동하의 부하가 된 것처럼 행동하고 있었다.

두 개의 의자는 바닥에 쓰러져 있는 리오넬 헤이든의 바로 머리 앞쪽에 놓였다.

김동하와 한서영이 의자에 앉았다.

김동하가 의자에 앉으면서 입을 열었다.

"자! 이제 당신이 당신의 죄의 삯을 대신하기 위해 무엇을 내놓을 수 있는지부터 말해보겠나?"

김동하의 목소리는 너무나 담담했다.

리오넬 헤이든이 떨리는 목소리로 입을 열었다.

"무, 무엇을 알고 싶으신 것인지 모르겠지만, 제가 알고 있는 것을 모두 말씀드리겠습니다."

리오넬 헤이든은 이제 오직 자신이 김동하의 손에서 살아남는 것만이 인생의 목표가 되었다.

김동하가 물었다.

"이곳은 무엇을 하는 곳이지? 이곳 전체에서 너무나 많은 죽음의 기운이 느껴지는데 이유가 있나?"

리오넬 헤이든이 땀과 눈물을 흘리며 대답했다.

"이곳은 킹덤의 본거지와 같은 곳으로 랏섬으로 불리는 곳입니다. 이곳에서는 보통 조직의 배신자나 변절자를 처형하고 또한 마이클 할버레인의 지시로 마약을 유통시킵니다."

리오넬 헤이든은 비록 팔과 다리를 잃은 마치 고깃덩이와 같은 몸이지만 생명만큼은 지킬 욕심에 필사적이었다.

김동하와 한서영은 그런 리오넬 헤이든의 말을 담담한 표정으로 듣고 있었다.

한서영은 리오넬 헤이든의 말을 들으면서 서양의 마피아나 갱조직을 다룬 영화에서나 보았던 것이 현실에서 일어날 수 있다는 것에 살짝 놀라고 있었다.

그리고 그것을 혼자의 힘으로 참혹하게 응징하는 김동하가 참으로 고맙고 소중하다는 생각이 들었다.

리오넬 헤이든의 실토는 한동안 이어졌다.

그와 동시에 랏섬의 농막은 이제 완전하게 날이 밝아오고 있었다.

김동하가 도착하기 전 듀크 레이얼이 카드노름을 하던 농막의 안쪽 벽에 걸린 시계가 막 새벽 6시를 지나고 있었다.

살아남은 수십 명의 리오넬 헤이든의 부하들이 행여 자신들에게도 애꿎은 불똥이 떨어질까 두려워 서둘러 치운 탓인지 농막의 분위기는 금방 정상을 되찾았다.

다만 한 가지 김동하의 기운을 이기지 못하고 터져나간 농막의 지붕은 여전히 뻥 뚫려서 밝아오는 새벽하늘을 농막의 안까지 비춰주고 있었다.

그 시간.

랏섬으로 들어서는 캔시코 호수의 숲길을 따라 빠르게 십여 대의 차량들이 이곳으로 향하고 있었다.

또 다른 살계가 열려야 할 시간이 도래하고 있었다.

조선남자

朝鮮男子

-천능의 주인-

검은 돼지의 새벽

"아직도 전화를 받지 않나?"

흰색의 링컨컨티넨탈의 뒷좌석에 앉은 비대한 사내가 앞을 바라보며 물었다.

사내의 좌우 양옆으로 몸매가 확연히 드러나는 짧은 옷을 걸친 늘씬한 두 명의 여인들이 앞을 바라보고 앉아 있었다.

여인들의 얼굴은 무척 지쳐 있는 듯했지만 가운데 앉은 비대한 체구의 사내는 무엇을 먹은 것인지 얼굴에 기름기가 번지르르하게 흐르고 있었다.

조수석에 앉은 카이젤 수염의 사내가 머리를 돌렸다.

"계속 연락을 하고 있지만 받질 않습니다, 보스."

카이젤 수염의 사내 손에는 신형 핸드폰이 들려 있었다.

뒷좌석에 앉은 사내는 킹덤의 보스인 마이클 할버레인이었다.

마이클 할버레인이 이마를 찌푸렸다.

"망할 놈의 리오넬 자식. 내 지시를 어기고 혹시 마약을 처먹고 뻗은 거 아니야?"

"도착하면 알 겁니다. 이제 5분 정도 남았습니다. 보스."

카이젤 수염의 사내가 말하자 마이클 할버레인이 주먹을 꼭 쥐었다.

"다른 놈들은?"

카이젤 수염의 사내가 바로 대답했다.

"토미와 파오치치는 곧 도착할 것이고 해리와 서들튼 그리고 루카스는 조금 늦을 것이라고 합니다."

"끙."

마이클 할버레인의 이마가 찌푸려졌다.

잠시 창밖으로 보이는 캔시코 호수 쪽으로 시선을 던진 마이클 할버레인이 다시 물었다.

"자넨 클린트가 왜 그렇게 나온 것인지 짐작이 가나?"

레이얼가의 저택에서 벌이던 계획이 끝난 후 모든 것이 비틀어지기 시작한 것이 마이클 할버레인에게는 꺼림칙한 일로 남았다.

그 때문에 새벽잠이 깬 것이 무척 그의 신경을 날카롭게

만들었다.

카이젤 수염의 사내가 대답했다.

"클린트는 조직의 이인자입니다. 아무래도 보스께서 듀크 레이얼의 일을 마무리하고 조직을 떠나시면 보스를 대신해 조직을 물려받은 뒤를 생각한 것 같습니다."

"그러니까 클린트가 나의 뒤를 이어 킹덤을 물려받으려 자신의 입지를 넓힌다고 생각한 것이란 말인가?"

"그런 이유가 아니라면 클린트가 보스에게 그렇게 나올 일이 없지 않습니까."

"……."

카이젤 수염의 말에 마이클 할버레인이 입을 닫았다.

마이클 할버레인이 타고 있는 흰색의 링컨 컨티넨탈 리무진의 앞으로 두 대의 검은색 벤츠가 달리고 있었고 뒤쪽으로는 세대의 클라이슬러 승용차가 따르고 있었다.

두 대의 차량에는 늘 마이클 할버레인을 경호하는 최측근 경호원들이 타고 있었다.

자신의 안위에 대해서는 그야말로 덩치에 맞지 않게 철저할 정도로 세밀하게 배치하는 욕심으로 가득한 돼지가 바로 마이클 할버레인이었다.

마이클 할버레인이 살이 쪄서 터질 것 같은 자신의 손으로 이마를 짚었다.

무언가를 골똘하게 생각하면 나오는 그의 습관이었다.

잠시 이마를 짚고 무언가를 생각하는 듯한 마이클 할버

레인의 눈빛이 깊어지고 있었다.

"라디오를 틀어봐."

마이클 할버레인의 지시에 운전을 하고 있던 부하가 라디오를 틀었다.

라디오에서는 일반적인 음악소리만 흘러나올 뿐 그 어떤 충격적인 내용은 들리지 않았다.

"클린트가 토마스 레이얼 회장을 제거했는지 모르겠군."

토마스 레이얼 회장이 제거되어야만 자신에게 400억달러라는 엄청난 거액이 들어오게 되기에 그로서는 무척이나 궁금한 소식이었다.

라디오에서는 시끄러운 음악소리만 흘러나올 뿐 그가 기대하던 내용은 흘러나오지 않았기에 그의 얼굴이 잠시 찌푸려졌다.

"망할, 라디오 꺼."

마이클 할버레인의 지시에 다시 운전을 하던 부하가 라디오를 껐다.

조수석에 앉은 카이젤 수염의 부하가 마이클 할버레인의 눈치를 보는 듯 힐끔거리며 뒤를 바라보았다.

하루에도 열두 번씩 기분이 달라지는 마이클 할버레인이다.

자신의 마음에 들지 않는다면 대화를 하는 도중에도 상대를 총으로 쏴 죽일 정도로 잔인한 사람이 바로 마이클

할버레인이었다.

그 때문에 이렇게 같이 동행을 하는 순간에도 마음을 놓을 수가 없었다.

이내 차가 랏섬의 푯말이 박힌 농장의 입구에 도착했다.

앞선 두 대의 벤츠 승용차는 이미 농장 안으로 들어가 농장의 앞마당에 멈춰 서 있었다.

두 대의 벤츠에서 건장한 사내들 여섯 명이 차례로 내려섰다.

그들의 시선은 벤츠의 뒤쪽에 도착하고 있는 보스가 타고 있는 링컨 컨티넨털 리무진이 농장으로 들어서는 것에 닿아 있었다.

부우우웅—

거대한 링컨 컨티넨탈 리무진의 차체가 거의 반원을 그리듯 랏섬의 농막 앞쪽을 돌아서 멈추어 섰다.

마이클 할버레인은 무언가 이상함을 느꼈다.

자신이 도착했음에도 농장의 분위기는 적막했다.

이곳의 책임자인 리오넬 헤이든은 자신이 도착하는 것도 모르는 것인지 농막에서 얼굴조차 내밀지 않고 있었다.

적막감에 싸인 농장을 보며 마이클 할버레인이 결국 짜증을 내었다.

"이 개자식이 뭐하는 거야?"

마이클 할버레인이 랏섬에 도착할 때면 부하들과 함께 랏섬의 농막 앞에 나와서 도열하고 있던 리오넬 헤이든이 보이지 않자 결국 참고 있던 욕이 튀어나왔다.

"문 열어."

마이클 할버레인이 나직하게 소리치자 조수석에 앉아 있
던 카이젤 수염의 사내가 재빠른 동작으로 차에서 내려 조
수석의 문을 열었다.

120kg이 넘어갈 것 같은 살로 뭉쳐진 비계덩이가 힘겹
게 차에서 내리기 위해서 몸을 비틀었다.

그의 좌우에 앉아 있던 금발의 여자가 재빨리 그를 부축
했다.

이내 차에서 내려선 마이클 할버레인이 주변을 살펴보았
다.

예전과 전혀 달라진 느낌이 들지 않는 랏섬의 풍경이었
다.

"제길. 이곳도 이젠 옮겨야 할 것 같군 그래."

랏섬에서 자신의 지시에 의해 죽어간 사람들의 숫자만도
근 100명이 넘어갔다.

그 때문에 이곳을 방문할 때는 자신 때문에 죽은 사람들
의 영혼이 자신을 기다리고 있는 기분이 들었다.

차에서 내린 마이클 할버레인이 굳게 닫혀 있는 랏섬의
농막을 바라보았다.

그가 자신의 조수석에서 내린 카이젤 수염을 보며 입을
열었다.

"들어가서 뭘 하고 있는지 살펴봐. 약먹고 쳐 자빠져 있

으면 그냥 그 자리에서 팔모가지 하나 잘라서 끌고 나와."

화가 난 마이클 할버레인의 지시에 카이젤 수염이 머리를 숙였다.

"알겠습니다."

카이젤 수염이 농막의 문쪽으로 다가서는 순간 마이클 할버레인의 차를 뒤따라온 세 대의 클라이슬러 자동차가 농장으로 들어서서 멈춰서고 있었다.

랏섬에 동행한 경호원들 숫자만 해도 근 20명에 이를 정도로 자신에 대한 안위는 철저하게 챙기는 마이클 할버레인이었다.

막 도착한 클라이슬러 자동차에서 무장한 마이클 할버레인의 경호원들이 서둘러 내렸다.

차에서 내린 경호원들은 마치 미리 짜인 것처럼 사방으로 흩어져 마이클 할버레인을 가운데 두고 사방을 경호하기 시작했다.

그것을 본 마이클 할버레인이 중얼거렸다.

"이번 일이 끝나면 경호원들의 숫자를 좀 더 늘려야 할 것 같군."

20명이 넘는 인원이 자신을 경호함에도 무언가 흡족하지 못한 마이클 할버레인의 표정이었다.

그가 농막의 문 쪽을 바라보자 자신의 지시를 받은 카이젤 수염이 농막의 문을 열었다.

그때였다.

농막의 문을 연 카이젤 수염의 얼굴이 굳어졌다.

그의 눈에 막 문 밖으로 나서려는 한명의 건장한 사내의 모습이 들어왔기 때문이다.

"엇?"

잠시 놀란 얼굴로 사내를 바라보던 카이젤 수염의 사내의 눈이 커졌다.

그로서는 의외라고 할 수 있는 동양인의 얼굴이 눈에 들어왔다.

문 앞에 서있는 동양인은 김동하였다.

김동하의 뒤에는 약간 굳은 얼굴의 여인이 맑은 눈을 반짝이며 카이젤 수염을 바라보고 있었다.

농장의 마당에 서서 문 쪽을 바라보던 마이클 할버레인의 눈에도 농막의 문 쪽에서 벌어지고 있는 상황이 보이고 있었다.

김동하는 카이젤 수염의 사내가 문을 여는 순간 마당의 한가운데 서있는 흰색 양복의 비대한 체격을 지닌 사내를 발견했다.

단숨에 저 비대한 사내가 킹덤이라는 조직의 두목인 마이클 할버레인이라는 것을 짐작했다.

카이젤 수염의 사내 레이몬드 랏슨이 눈을 껌벅이며 김동하를 바라보았다.

"넌 누구지? 처음 보는 얼굴인데… 리오넬은 어디에 있나?"

카이젤 수염의 사내 레이몬드 랏슨은 김동하가 리오넬 헤이든이 새로 조직에 받아들인 부하라고 생각했다.

김동하가 잠시 레이몬드 랏슨을 바라보다 안쪽으로 시선을 던졌다.

"클린트, 그자들을 데리고 나오도록 해."

김동하의 말이 끝나는 순간 굵직한 사내의 목소리가 들렸다.

이내 두 명의 사내들이 팔과 다리가 잘린 사내가 앉아 있는 의자를 양쪽에서 들고 입구 쪽으로 나왔다.

뒤이어 80살이 넘은 것 같은 힘없는 노인이 또 다른 사내의 부축을 받고 문 쪽으로 걸어 나오고 있었다.

그들의 뒤를 딱딱한 표정의 클린트 루먼과 몇 명의 사내들이 따르고 있었다.

그때 문 옆에서 기다리고 있었던 것인지 김동하의 옆으로 한서영이 나타났다.

한서영의 얼굴은 살짝 상기되어 있었다.

레이몬드 랏슨의 얼굴이 굳어졌다.

"이게 뭐지?"

팔과 다리가 잘린 사내가 창백한 얼굴로 앉아 있는 의자를 들고 나온 사내들이 농막의 앞쪽 마루 난간에 의자를 내려놓고 뒤로 물러섰다.

마치 일부러 훈련을 한 듯한 모습이었다.

뒤이어 한 명의 노인을 부축해서 나온 사내들도 노인을

의자 옆에 세워두고 물러섰다.

클린트 루먼이 이내 밖으로 걸어 나와 그들의 뒤에 멈춰 섰다.

농장의 마당에서 이런 모습을 지켜보고 있던 마이클 할버레인의 표정이 딱딱하게 변했다.

"클린트, 지금 이게 무슨 뜻인지 물어도 되겠나?"

마이클 할버레인이 자신의 부하이자 킹덤의 이인자로 인정받고 있던 클린트 루먼의 행동을 보면서 눈을 껌벅이고 있었다.

클린트 루먼은 조직의 보스인 마이클 할버레인이 랏섬에 도착했음에도 전혀 표정의 변화가 없었다.

또한 마이클 할버레인의 물음에도 응답하지 않았다.

잠시 놀란 듯 눈을 껌벅이던 마이클 할버레인이 그제야 농막의 문을 나서고 있는 두 명의 동양인 남녀를 바라보았다.

한서영과 김동하였다.

한서영은 김동하의 팔을 절대로 놓지 않을 것처럼 품에 꽉 부둥켜안은 채였다.

김동하와 한서영이 농막의 앞 난간으로 걸어 나오며 클린트 루먼의 옆에 멈춰 섰다.

김동하가 무심한 시선으로 마이클 할버레인을 바라보다 물었다.

"저자가 그 킹덤이라는 곳의 두목인가?"

클린트 루먼이 머리를 숙였다.

"그렇습니다. 저자가 마이클 할버레인입니다."

클린트 루먼은 마치 김동하의 심복이 된 듯이 김동하에게 마이클 할버레인의 존재를 확인시켜 주었다.

마이클 할버레인은 그런 상황을 보면서 기가 막혔다.

"이게 어떻게 된 영문이야? 리오넬은……."

리오넬은 어디에 있나? 하고 물으려던 마이클 할버레인은 의자에 앉아 있는 팔다리가 잘려나간 피투성이의 사내가 누군지 그제야 알아보았다.

살이 쪄서 터질 것 같은 마이클 할버레인의 눈이 커졌다.

클린트 루먼이 마이클 할버레인을 바라보며 입을 열었다.

"당신이 찾는 리오넬 헤이든은 여기에 있소, 마이클. 지금은 당신에게 그다지 도움이 되지 못할 것 같지만 말이오."

클린트 루먼의 말에 마이클 할버레인의 두툼한 입술이 꽉 다물어졌다.

"간이 크군? 클린트, 이런 식으로 나를 대하면 그 결과가 어떻게 될지 알 텐데?"

클린트 루먼이 머리를 흔들었다.

"글쎄 과거에는 어땠을지 모르지만 지금은 다를 거야 마이클. 당신이 멍청한 듀크 레이얼에게서 받아낼 400억불을 혼자서 독차지하려고 했던 것을 이제 다른 부하들도 모두 알게 되었으니 말이야."

클린트 루먼은 김동하가 리오넬 헤이든을 처리하자 남은 랏섬의 부하들에게 보스인 마이클 할버레인이 품은 지독한 욕심을 모두 털어놓았다.

자신은 마이클 할버레인이 그 돈을 챙겨 킹덤을 떠나게 되면 킹덤의 새로운 보스로 등극하려는 생각을 했지만 이제는 그 욕심도 버린 상태였다.

클린트 루먼으로부터 보스인 마이클 할버레인이 400억 불이라는 엄청난 돈을 독차지하려 했다는 비밀을 듣게 된 랏섬의 부하들은 돼지같은 마이클 할버레인의 욕심과 그를 추종했던 리오넬 헤이든에게서 대부분 등을 돌려버린 상황이었다.

오히려 지금은 아예 킹덤의 보스인 마이클 할버레인에게 반기를 든 상황이라고 할 수도 있었다.

명백하게 반란이라고 할 수 있는 상황이지만 이런 상황을 만들어 낸 것은 마이클 할버레인의 지독한 이기심이었기에 무어라고 할 수도 없었다.

갑작스런 상황에 마이클 할버레인의 경호원들이 재빨리 마이클 할버레인의 주변으로 몰려들었다.

몇 겹으로 마이클 할버레인을 에워싸고 혹시나 있을지 모를 기습에 대비하는 모습이었다.

그 모습을 본 클린트 루먼이 웃었다.

"예나 지금이나 겁은 많군. 마이클. 당신이 킹덤의 보스

였다는 것이 창피할 정도군 그래."

클린트 루먼의 말에 마이클 할버레인이 어금니를 깨물었다.

"이러고도 무사할 듯싶나?"

마이클 할버레인의 단춧구멍 같은 두 눈에서 독기가 흘러나오고 있었다.

클린트 루먼이 웃었다.

"내가 무사할 것 같으냐고? 난 이미 사는 것과 죽는 것에 관심이 없어졌어. 마이클, 그리고 당신의 말 한마디에 이곳에서 어떤 일이 벌어질 것이라고 생각하지도 않아."

클린트 루먼은 그야말로 무언가 초월한 듯한 표정이었다.

마이클 할버레인이 어금니를 깨물었다.

그는 자신을 경호하는 경호원들에게 나직하게 입을 열었다.

"토미와 파오치치가 도착할 때까지 날 지켜라. 여기를 모두 지워버려야 할 것 같다."

마이클 할버레인의 지시에 경호원들이 굳은 얼굴로 대답했다.

"알겠습니다."

마이클 할버레인이나 경호원들 모두 이곳 랏섬에 리오넬 헤이든의 부하들이 근 100명이 머물고 있다는 것을 너무나 잘 알고 있었다.

그런 부하들이 모두 반기를 들었다면 고작 20명의 경호원들로서는 절대로 막아내지 못한다는 것도 알았다.

그 때문에 곧 도착할 마이클 할버레인의 심복인 토미 버키와 미오 파오치치를 기다려야 했다.

그들의 뒤를 이어 해리 존슨과 라울 서들튼 그리고 루카스 번즈까지 부하들을 대동하고 도착한다면 상황은 역전이 될 것이라고 생각했다.

그런 마이클 할버레인의 마음을 읽은 듯 클린트 루먼이 웃었다.

"하하 당신을 따라 도착할 토미와 파오치치를 기다리는 모양인데, 그들이 도착해도 별로 도움이 되지 않을 거야 마이클 보스."

마이클 할버레인이 이를 악물었다.

"조직을 배신한 것인가? 클린트."

"배신? 글쎄. 그게 배신인지 모르겠지만 한 가지 당신의 피둥피둥한 살집을 위해서 움직이지 않을 거라는 것은 확실해."

"넌 반드시 내 손으로 죽일 것이다. 클린트. 네놈뿐만 아니라 네 마누라. 네 어미와 아비 그리고 네 자식들까지 모두 분쇄기로 갈아서 죽여주지."

마이클 할버레인의 말을 들은 클린트 루먼이 쓸쓸하게 웃었다.

"당신의 손에 죽는 것은 그다지 억울하지는 않아. 나도

당신과 같이 참 더러운 일을 많이 해왔으니까 말이야. 내가 지은 죄니 그 값은 치러야 당연하겠지. 하지만 그전에 당신이 먼저 죽게 될 것 같은데 아쉽군 그래."

클린트 루먼의 말에 마이클 할버레인이 이를 갈았다.

명색이 킹덤의 이인자이자니 자신 외에 킹덤에서 클린트 루먼을 견제할 사람이 없었다.

지금의 상황에서 클린트 루먼을 킹덤의 이인자까지 성장하도록 묵인한 자신이 너무나 화가 난 마이클 할버레인이었다.

그때였다.

"내 아내를 저택으로 데려오라고 지시한 사람이 당신이로군?"

김동하가 마이클 할버레인을 바라보며 나직하게 물었다.

마이클 할버레인이 시선을 돌려 김동하를 바라보았다.

그의 찢어진 눈이 반짝였다.

그는 단숨에 김동하가 듀크 레이얼이 언급한 토마스 레이얼 회장을 살려낸 동양인 의사라는 것을 알아차렸다.

"네놈이 그 의사라는 원숭이인 모양이군?"

그의 시선이 잠시 김동하의 얼굴에 머물렀다가 이내 김동하와 함께 나란히 서 있는 한서영에게 시선을 던졌다.

거의 가죽에 구멍만 뚫려 있는 것 같은 마이클 할버레인의 눈이 살짝 커졌다.

"훗, 내 생각이 맞았군 그래. 사진보다 실물이 더 나은 게 확실하군."

마이클 할버레인은 듀크 레이얼이 큰아버지인 토마스 레이얼 회장을 제거하고 저택에서 반드시 데려와야 한다며 보여준 한서영의 사진을 보고 자신의 눈으로 직접 확인하려 했던 결정이 틀리지 않았다는 것을 느끼고 있었다.

그의 눈에 비친 약간 겁을 먹은 모습의 한서영은 호색기질로 가득한 그의 욕심에 기름을 부어버렸다.

마이클 할버레인이 주변을 둘러보았다.

아직 주변에서 그 어떤 위험도 감지되지 않았다.

이대로 시간이 흘러 자신의 심복들이 이곳에 도착하면 상황은 역전하게 될 것이라고 확신했다.

더구나 상황이 반전되어 최악의 상황으로 내몰리면 자신은 자신의 승용차인 링컨 컨티넨털 리무진으로 들어가 숨어버리면 되었다.

적어도 로켓포가 아니라면 그 어떤 무기로도 링컨 컨티넨털 리무진의 방탄장비를 뚫지 못할 것임을 알고 있었다.

자기 자신에 대한 안전 문제만큼은 과할 정도로 치밀한 마이클 할버레인이었다.

하긴 그런 마이클 할버레인의 치밀함이 지금의 킹덤이라는 조직에서 10년 넘게 보스 자리를 지켜낼 수 있는 기반이 되었을 것이다.

마이클 할버레인이 잠시 한서영을 바라보다가 이내 다시

시선을 김동하에게 던졌다.

"여기가 어떤 곳인지, 또 내가 누군지 안다면 내 앞에서 이렇게 건방진 모습을 보이지 않았을 텐데. 날 배신한 클린트를 믿고 건방지게 구는 것이라면 지금 실수하고 있는 거야. 적어도 날 지키는 부하들은 클린트 같은 배신자가 도발할 것에 늘 대비하고 있었다는 것을 충고삼아 말해주지."

마이클 할버레인이 마치 자신을 에워싸듯 보호하고 있는 경호원들을 둘러보며 터질 듯한 볼살을 씰룩였다.

그의 주변을 지키는 경호원들의 무장상태라면 이곳 랏섬의 부하들이 몽땅 배신한다고 해도 단번에 경호원들을 제압하기는 쉽지 않을 정도라고 자부하고 있었다.

그런 상황에서 자신의 최측근 부하들이 도착한다면 전세는 역전이 될 것이다.

자신은 클린트 루먼과 같은 배신자들을 솎아내어 처형하는 것으로 킹덤의 율법을 집행하면 된다.

김동하가 담담한 표정으로 대답했다.

"당신이 누군지 모를 것 같나? 당신에 대해서는 저기 앉아 있는 저자의 입을 통해서 알고 싶은 내용은 모두 들었어. 사람을 처형할 때 사용한다는 그 믹서라는 것에 조금 관심이 생기더군. 그것의 마지막 제물이 당신이 될 것이라곤 생각하지 못했겠지만 말이야."

김동하가 팔다리가 모두 잘린 채 창백한 얼굴로 의자에

앉아 있는 리오넬 헤이든을 가리켰다.

마이클 할버레인의 눈이 싸늘하게 변했다.

"쿡! 믹서기를 알고 있다니 황당하군 그래."

마이클 할버레인은 킹덤의 조직원들이 아니라면 존재조차 모르는 폐목분쇄기를 김동하가 알고 있다는 것에 살짝 황당한 표정을 지었다.

하지만 그의 눈빛은 차갑고 날카로웠다.

마이클 할버레인이 김동하를 쏘아보며 물었다.

"리오넬을 저렇게 만든 사람이 누구지? 배신자인 클린트인가?"

랏섬의 도살자라는 별명을 가진 리오넬 헤이든이 참혹할 정도로 비참한 모습으로 변한 것을 보았다.

마이클 할버레인은 리오넬 헤이든을 저렇게 만들 수 있는 사람이라면 자신의 뒤를 이어 킹덤의 이인자라고 인정받고 있는 클린트 루먼뿐이라고 생각했다.

할버레인의 말에 김동하는 아무 말도 하지 않고 그저 서늘한 시선으로 탐욕과 색욕으로 가득한 살덩어리를 뭉쳐놓은 것 같은 그의 얼굴을 바라보고 있었다.

마이클 할버레인이 입가에 미소를 흘리며 살짝 뒤쪽으로 움직였다.

"아니, 굳이 들을 필요도 없겠어. 오늘 이 자리에 있는 자들은 모두 믹서기로 갈아서 캔시코 호수의 물고기 밥으로 던져 넣을 테니까 말이야. 요즘 믹서기를 사용하지 않아

물고기들도 배가 고플 것이니 무척 좋아할 거야. 참, 이곳 칸시코 호수의 물고기들이 믹서기로 갈아놓은 어육을 좋아한다는 것은 알고 있나? 너도 곧 그 사실을 직접 느끼게 될 테니 기대해 봐. 흐흐."

마이클 할버레인은 아직까지 농막에서 리오넬 헤이든의 부하들이 나오지 않는 것이 이상했지만 주변에서 위험을 느낄 만한 수상한 기척이 없다는 것에 안도하고 있었다.

더구나 배신자 클린트 루먼과 클린트 루먼에게 회유당한 것으로 판단되는 농막 앞에 서 있는 킹덤의 조직원들에게서 전혀 공격적인 기미가 느껴지지 않았기에 새벽의 이 황당한 소동을 서둘러 마무리하고 싶었다.

마이클 할버레인이 비대한 몸을 이끌고 자신의 전용차를 향해 움직이자 경호원들이 그의 주변을 완벽하게 경호하며 함께 움직였다.

어떠한 상황에서도 보스인 마이클 할버레인을 보호해야 한다는 지침에 따라 그의 동선과 함께 움직이는 것이다.

마이클 할버레인이 자신이 타고 온 링컨 컨티넨탈 리무진의 앞에 도착했다.

링컨 컨티넨탈 리무진의 뒷좌석에서 약간 굳은 얼굴로 창밖을 바라보고 있는 금발의 여인 두 명이 리무진으로 다가오는 마이클 할버레인을 바라보았다.

여인들에게 마이클 할버레인은 말 그대로 악마였다.

또한 자신과 같은 여자들은 저택에서 키우는 개의 목숨

보다 하찮은 배설의 도구일 뿐이라는 것을 너무나 잘 알고 있었다.

마이클 할버레인의 눈이 리무진의 뒷좌석에 앉아 자신을 바라보는 여인들을 힐끗 보다가 측근을 경호하고 있는 경호원에게 입을 열었다.

"톰슨, 내가 차에 타는 순간 시작해. 아무도 살려놓지 마라. 다 죽여 버리란 말이다. 랏섬이건 뭐건 이제 이곳은 지워야 할 것 같다. 리오넬의 일은 토미에게 넘겨줄 생각이니 이곳은 이제 쓸모없다."

참으로 냉정한 말이었다.

지금까지 자신을 따르고 복종해왔던 랏섬에 남아 있던 킹덤의 부하들까지 모두 제거하라는 최종 명령이었다.

마이클 할버레인은 배신자 클린트 루먼이 이미 이곳 랏섬의 부하들을 모두 자신의 편으로 끌어들었다고 판단했다.

그리고 그 증거가 팔다리가 잘린 리오넬 헤이든으로 충분히 증명되었다고 생각했다.

톰슨이라는 사내가 머리를 끄덕였다.

"알겠습니다 보스."

"단."

말을 멈춘 마이클 할버레인이 뒤를 돌아보았다.

가죽에 구멍만 뚫어놓은 것 같은 마이클 할버레인의 눈이 김동하의 곁에 서서 자신을 바라보고 있는 한서영을 바

196

라보았다.

마이클 할버레인이 혀로 입술을 핥으며 입을 열었다.

"저 동양계집은 절대로 건드리지 말고 온전하게 그대로 나한테 데려와. 그리고 앞으로 클린트의 자리는 톰슨 자네가 맡도록 해. 일이 끝나면 듀크 레이얼을 찾아보고. 쭛, 어쩔 수 없이 그놈과 다시 계약을 해야 할 것 같다."

한서영을 바라보는 마이클 할버레인의 눈이 번들거리고 있었다.

그로서는 난생 처음으로 보는 너무나 아름다운 동양미인이었다.

한서영에게선 지금까지 숫하게 보아왔던 금발의 여인들과는 전혀 다른 분위기가 느껴졌다.

그것은 마이클 할버레인의 특유의 색욕을 불러일으키게 만들었다.

그리고 듀크 레이얼과 계약한 토마스 레이얼 회장을 처리하기로 한 약속이 클린트 루먼의 배신으로 틀어졌다면 다시 계약을 해야 한다고 여겼다.

계약한 일이 틀어져 새로운 계약을 하게 된다면 그것으로 인해 몇 억불쯤은 손해를 볼 것이라고 생각했지만 그것도 나쁘지는 않았다.

400억불에서 몇 억불 정도의 손해는 너그러운 자신이 충분히 받아들이는 것이 보스로서의 아량이라고 생각했다.

톰슨이라는 사내가 이마를 숙였다.

"고맙습니다 보스."

톰슨이라는 사내의 얼굴이 살짝 달아올랐다.

클린트의 자리라면 킹덤의 이인자의 자리를 말한다.

그리고 그것은 자신에게 지금과는 달리 조직의 엄청난 배당금이 할당된다는 것을 의미했다.

또한 보스인 마이클 할버레인의 측근에만 머무는 것이 아니라 독자적인 킹덤의 세력을 키울 수 있다는 것을 의미했다.

그 때문에 지금 마이클 할버레인이 언급한 말은 톰슨에게는 최상의 조건이 되다.

그로서는 없던 충성심까지 새로 생길 정도로 보스인 마이클 할버레인의 지시는 참으로 달콤한 유혹이었다.

그런 마이클 할버레인의 모습을 김동하는 아무런 견제도 하지 않고 바라보고 있을 뿐이었다.

이내 마이클 할버레인이 자신의 리무진 뒷좌석의 문을 열었다.

딸칵—

문이 열리고 마이클 할버레인이 리무진의 뒷좌석에 오르자 여자들이 황급히 자리를 비켜주었다.

양복을 걸치긴 했지만 지금의 마이클 할버레인의 엉덩이는 황소의 엉덩이에 비교될 만큼 비대한 살덩이였다.

리무진의 뒷문이 다시 잠기자 마이클 할버레인이 리무진 뒷좌석의 잠금 버튼을 눌렀다.

찰카닥—

차창 쪽으로 살짝 튀어 올라와 있던 리무진의 도어락 버튼이 아래로 내려가며 사라졌다.

이제 마이클 할버레인이 락버튼을 해제하지 않으면 외부에서는 그 누구도 들어올 수 없다.

리무진의 안전장치까지 완벽하게 틀어막은 마이클 할버레인이 차창으로 한서영을 바라보았다.

역시 끈적한 탐욕으로 가득한 시선이었다.

순간 한서영의 시선과 마이클 할버레인의 시선이 마주치자 한서영이 몸을 부르르 떨며 김동하의 팔을 잡았다.

한서영이 나직하게 입을 열었다.

"뱀을 보는 것 같아. 너무 싫어."

한서영은 거대한 검은 돼지가 자신을 보는 것 같은 마이클 할버레인의 시선이 너무나 징그럽고 싫었다.

김동하 역시 마이클 할버레인이 한서영을 바라보는 시선이 참으로 역겹고 더럽게 느껴졌다.

그것을 증명하듯 자신의 팔을 부둥켜안고 있는 한서영의 손이 파르르 떨리는 것을 느꼈다.

한국에서도 뉴월드파와 같은 자들의 음흉한 시선을 느낀 적이 있었지만 그때에는 적어도 지금처럼 소름이 끼칠 정도로 병적인 거부감을 느끼지는 않았다.

그 모습을 보던 김동하가 자신의 옆에 서 있는 한서영을 바라보았다.

"이번에도 잠시 물러나 계셔야 할 것 같습니다."

한서영이 반짝이는 시선으로 김동하를 바라보았다.

"응, 조심해."

한서영은 이번에는 김동하를 전혀 말릴 생각을 하지 않았다.

살찐 검은 돼지의 음흉한 시선이 싫기도 했지만 김동하의 손에 폐인이 된 리오넬 헤이든이 털어놓은 마이클 할버레인의 너무나도 사악하고 추악한 행동에 김동하가 단죄를 내려 주기를 바랐기 때문이었다.

김동하가 한쪽에 떨어져 있던 게릿 주피거를 보며 입을 열었다.

"그걸 가져왔나?"

김동하의 말이 끝나기도 전에 게릿 주피거가 황급히 손에 든 것을 가지고 그대로 김동하에게 들어올려 보였다.

"물론입니다. 여기 있습니다."

게릿 주피거의 손에는 김동하가 랏섬의 보스인 리오넬 헤이든과 그 부하들을 처리할 때 사용했던 화목용 불쏘시개를 변형시킨 검이 들려 있었다.

이제 게릿 주피거는 김동하의 개인 수행원처럼 행동하고 있었다.

그는 김동하의 손에 날카로운 검의 형태로 변한 화목용 불쏘시개가 들리는 순간 그것이 얼마나 무서운 무기로 변하는지 잘 알았다.

그 때문에 김동하가 굳이 말을 하지 않아도 아예 그것을
자신이 보관하고 있던 중이었다.

김동하가 한서영과 함께 농막의 앞쪽 난간 쪽으로 걸음
을 옮겼다.

그 모습을 클린트 루먼과 이제는 완전하게 노인의 모습
으로 변한 채 몸을 떨고 있는 듀크 레이얼이 지켜보고 있
었다.

듀크 레이얼은 한서영과 함께 자신이 있는 쪽으로 다가
오는 김동하가 마치 지옥에서 환생한 악마의 사신처럼 보
였다.

이내 농막의 난간 쪽에 도착한 김동하가 게릿 주피거가
들고 있던 화목용 불쏘시개를 넘겨받으며 한서영에게 말
했다.

"아까처럼 해동무벽의 분경을 누님께 펼쳐 놓을 것이니
위험하진 않을 겁니다."

끄덕—

한서영이 머리를 끄덕였다.

이제는 김동하가 하는 말이라면 그 어떤 말이라고 해도
모두 믿는 한서영이었다.

김동하가 리오넬 헤이든과 그의 부하들을 처리할 때처럼
무량기를 끌어올려 한서영의 주변에 해동무벽의 분경을
펼쳤다.

또다시 한서영의 주변으로 마치 투명한 막과 같은 것이

둘러졌다.

이후 김동하가 게릿 주피거와 클린트 루먼을 보며 입을 열었다.

"내 아내의 곁에서 떨어지지 말고 지켜라."

"알겠습니다."

클린트 루먼과 게릿 주피거가 공손한 얼굴로 대답했다.

그때였다.

"보스의 명령으로 배신자 클린트 루먼을 비롯해 랫섬의 배신자들에게 처형을 집행한다."

탕—

타타탕—

귀청을 터트릴 것 같은 총탄의 파열음이 들렸다.

"큭!!"

"끙."

두어 개의 나직한 비명소리가 동시에 흘러나왔다.

그들과 함께 서 있던 한서영의 입에서도 뾰족한 비명이 흘러나왔다.

"어멋."

클린트 루먼의 왼쪽 어깨가 마치 헝겊으로 만든 인형의 팔처럼 흔들렸다.

오른팔은 김동하에게 잘렸기에 밖으로 나와 있던 남은 왼팔이 표적이 된 것이다.

총탄에 격중된 곳은 모두 3곳이었다.

왼팔의 어깨와 오른쪽 가슴 위쪽 그리고 왼쪽 옆구리에 총탄이 날아와 뚫고 지나갔다.

다행인 것은 죽일 생각은 없었는지 클린트 루먼의 생명에 치명적인 위치는 피했다.

배신자의 처형은 즉결로 처단하는 것이 아니라 보스인 마이클 할버레인의 판정에 의해서 폐목분쇄기로 집행되어야 하기에 부상만 입힌 것이었다.

동시에 게릿 주피거 역시 한쪽으로 몸을 비틀며 휘청거리고 있었다.

게릿 주피거의 오른쪽 가슴에서 시뻘건 핏물이 옷 밖으로 스며나오고 있었다.

동시에 그의 허벅지에도 총탄이 뚫고 나간 것인지 피가 흘러나오기 시작했다.

하지만 그와는 달리 김동하에게 팔과 다리가 잘린 처참한 모습으로 변한 채 의자에 앉아 있던 랏섬의 도살자 리오넬 헤이든은 사정이 달랐다.

그의 이마에는 동전 크기의 구멍이 뚫려 있었고 턱 아래 목의 중앙에도 구멍이 뚫렸다.

머리를 뒤로 젖힌 리오넬 헤이든의 두 눈은 하얗게 뒤집혀 있었다.

이마와 목이 관통당한 리오넬 헤이든만큼은 그 자리에서 바로 절명했다.

리오넬 헤이든의 옆에 주저앉아 있던 듀크 레이얼은 어

찌된 영문인지 전혀 총탄이 날아오지 않았다.

80살이 넘은 노인의 모습으로 변한 듀크 레이얼은 마이클 할버레인의 경호원들의 표적에서 제외된 모양이었다.

그와는 달리 리오넬 헤이든과 듀크 레이얼을 부축하고 나온 다른 사내들도 상황은 클린트 루먼과 게릿 주피거의 상황과 비슷했다.

그들 역시 마이클 할버레인의 측근 경호를 맡고 있던 사내들이 조준해서 쏜 총에 몸을 비척이며 바닥으로 주저앉았다.

김동하의 눈빛이 서늘하게 변했다.

김동하 역시 자신의 몸 주변에 펼쳐놓았던 무량기의 기운이 무언가에 거세게 부딪친 충격을 받았던 것이다.

자신 역시 마이클 할버레인의 경호원들의 표적이 되었고 총탄에 맞았지만 무량기의 기운이 총탄을 튕겨낸 덕분에 부상을 당하지 않았던 것이다.

왼쪽 어깨를 비롯해 몸의 3곳을 관통당한 클린트 루먼이 이을 악물고 입을 열었다.

"저, 저는 괜찮습니… 쿨럭."

말을 하던 클린트 루먼의 입에서 시뻘건 핏물이 튀었다.

오른쪽 가슴을 뚫은 총탄이 그의 폐를 건드린 것 같았다.

그는 김동하에게 당하지 않고 같은 동료였던 조직의 보스인 마이클 할버레인의 경호원에게 당했다는 것이 허무하다는 생각이 들었다.

게릿 주피거 역시 입가로 피를 흘리며 김동하를 바라보았다.

"죄, 죄송합니다. 사모님을 지키기가 힘들 것… 쿨럭."

자신이 당한 부상보다 김동하가 당부한 한서영을 지키라는 지시를 수행하지 못하는 것을 미안해하는 게릿 주피거의 표정이었다.

부상을 당한 두 사람의 상세를 살펴보기 위해 쪼그려 앉았던 김동하가 상처의 상태를 확인하고 나직하게 입을 열었다.

"괜찮을 것이니 걱정할 필요 없어."

혼잣말처럼 나직하게 중얼거린 김동하가 화목용 불쏘시개를 들고 몸을 일으켰다.

김동하의 두 눈 깊은 곳에서 시퍼런 불꽃이 피어올랐다.

그가 이쪽을 바라보고 있는 마이클 할버레인의 경호원들을 훑어보았다.

마이클 할버레인의 경호원들은 배신자 클린트 루먼과 클린트 루먼을 따르는 부하들에게 부상을 입혀 무력화 시킨 것을 확인하고 천천히 다가오고 있었다.

경호원의 책임자이자 클린트 루먼의 뒤를 이어 킹덤의 이인자 자리를 확답 받은 사무엘 톰슨은 클린트 루먼과 배신자들이 반격을 하지 않는 것이 이상하다고 생각했다.

보스에게 반기를 들 정도로 용기를 가진 클린트 루먼이라면 당연하게 마이클 할버레인의 경호를 맡은 자신들과 대립을 하는 것이 정상이었다.

그런데 자신의 총에 부상당한 클린트 루먼은 전혀 그런 기미가 보이지 않았다.

또한 이런 상황에도 그들은 아예 무장까지 하지 않는 듯 너무나 허술하게 당했다.

"이게 뭐지? 이것도 일종의 속임수인가?"

사무엘 톰슨이 이마를 찌푸리며 바닥에 쓰러진 클린트 루먼과 클린트 루먼의 부하들을 바라보았다.

보스의 말대로 여자는 건드리지 말라고 했기에 한서영만 큼은 조준사격에서 제외된 듯 멀쩡한 모습으로 서 있는 것 이 보였다.

그때 사무엘 톰슨의 눈에 클린트 루먼의 옆에서 천천히 일어서는 사내의 모습이 들어왔다.

마이클 할버레인의 경호원들의 숫자는 자신을 포함해서 20명이 넘어가는 숫자였다.

그 때문에 각각의 표적에는 많게는 4발 적어도 3발 이상 의 조준총탄이 격중될 것이었다.

사람의 몸으로 3발 이상의 총탄을 맞고 멀쩡하게 일어서 는 것은 영화에서나 나올 수 있는 일이었다.

사무엘 톰슨의 눈이 껌벅였다.

"뭐야? 저놈은 맞지 않은 거야?"

그때 누군가 다시 총을 쏘았다.

타타탕—

이번에도 귀청이 떨어질 것 같은 격발음이 들려왔다.

순간 사무엘 톰슨의 눈이 커졌다.

쩌저정—

피피핑—

마치 사내의 주변에 강철로 만들어진 방어막이 쳐진 듯 총탄이 명중한 섬광이 피어오르며 총탄이 튕겨져 나가는 광경이 펼쳐졌다.

"저, 저게 뭐야?"

다른 경호원 한 명이 굳은 얼굴로 입을 열었다.

"방탄조끼를 입은 것 같은데요?"

경호원의 말에 사무엘 톰슨이 이를 갈았다.

"병신아. 전신을 다 막아주는 방호복이 어디 있어? 다리를 쏴. 저놈의 무릎을 날려버리란 말이다."

이내 또다시 콩을 볶는 듯한 파열음이 들렸다.

타타타타타탕—

이번에는 아예 경호원 전원이 조준사격을 하는 듯 수십 발의 총탄이 김동하를 향해 날아갔다.

하지만 그것도 소용이 없었다.

쩌저저저저정—

피피피피피핑—

김동하의 몸 주변에서 어지러운 스파크가 튀어 올랐다.

동시에 총탄이 모두 사방으로 튕겨져 나갔다.

사무엘 톰슨의 얼굴이 하얗게 질려갔다.

"초, 총알이 막히고 있어. 뭐 이런 개 같은 경우가……."

"저게 뭐야?"

"이게 무슨……."

김동하에게 총을 조준해서 사격한 마이클 할버레인의 경호원들이 방금 쏜 자신의 총과 멀쩡한 모습으로 서 있는 김동하를 번갈아 바라보았다.

경호원들이 쏜 총탄을 모두 튕겨낸 김동하가 어금니를 깨물었다.

화목용 불쏘시개의 손잡이를 움켜쥔 김동하의 오른손이 아래로 늘어졌다.

김동하의 표정은 이제 얼음장처럼 차갑게 변해 있었다.

천천히 농막의 난간 아래쪽으로 김동하가 내려섰다.

김동하의 두 눈이 새파랗게 타오르며 총을 들고 멍한 모습으로 서 있는 마이클 할버레인의 경호원들을 바라보고 있었다.

김동하의 입술이 열렸다.

"천명을 가질 자격이 없는 자들에게 배려해 줄 것은 없다."

후웅—

김동하의 손에 들린 화목용 불쏘시개에서 기묘한 공명음이 흘러나오고 있었다.

동시에 김동하의 몸이 살짝 허공으로 떠올랐다.

"헉."

"저, 저게 어떻게……."

사무엘 톰슨과 마이클 할버레인의 경호원들은 마치 유령처럼 허공으로 떠오르고 있는 김동하를 보며 헛바람을 삼켰다.

자신의 링컨 컨티넨털 리무진의 뒷좌석에서 자신의 경호원들과 김동하 사이에서 벌어지고 있는 모습을 지켜보고 있던 마이클 할버레인의 입이 쩍 벌어지고 있었다.

"저, 저게 어떻게……."

마이클 할버레인의 작은 눈이 찢어질 듯 부릅떠졌다.

비대한 그의 턱살이 덜덜 떨리고 있었다.

은빛으로 번들거리는 화목용 불쏘시개가 변형된 검을 들고 허공에 떠올라 있는 김동하의 모습이 그의 눈에는 마치 유령의 모습처럼 너무나 섬뜩한 모습으로 비쳤다.

김동하의 손이 천천히 들어올려지고 있었다.

이미 단죄를 결정했기에 두 번 다시 항거할 수 없도록 극형의 처분을 내릴 생각이었다.

그 모습을 지켜보고 있던 사무엘 톰슨이 소리쳤다.

"쏴. 머리든 몸통이든 가리지 말고 쏴버려. 죽여도 좋단 말이다."

애초에는 저항하지 못할 정도의 부상만 입혀 보스인 마이클 할버레인의 처분을 통해 믹서기로 처형하는 것이 원칙이었지만 지금의 상황은 전혀 달랐다.

사무엘 톰슨의 고함소리에 이내 경호원들이 허공에 떠

있는 김동하를 향해 총을 난사하기 시작했다.

이번에는 조준사격이 아닌 말 그대로 난사였다.

타타타타타타탕—

드르르르륵—

삽시간에 단발사격에서 연속사격으로 바뀐 듯 수백 발의
총탄이 김동하에게 집중되었다.

그때였다.

화악—

한순간 김동하의 주변으로 거대한 은막이 펼쳐졌다.

김동하가 익힌 해동무의 비결 중 검으로 펼칠 수 있는 은
하검결이라는 절기였다.

하늘에서 쏟아지는 빗방울 하나도 검결의 막을 뚫고 들
어올 수 없다고 알려진 그야말로 최상의 검막이었다.

동시에 경호원들이 쏘아낸 수백 발의 총탄이 김동하의
주변으로 펼쳐진 거대한 은막에 막혀 사방으로 튕겨나갔
다.

쩌저저저저저정—

티티티티티티팅—

랏섬의 농막 앞마당에 너무나 환상적인 빛의 파노라마가
펼쳐지고 있었다.

동시에 은빛의 막이 갈라지며 섬뜩한 백색의 빛이 쏟아
졌다.

백색의 빛은 마치 우박처럼 사방으로 떨어져 내리고 있

었다.

서걱—

서거거걱—

투투투투툭—

백색의 빛이 스쳐가는 곳은 무엇이든 잘려나가는 듯한 섬뜩한 소리가 사방에서 들려왔다.

백색의 빛이 일순 사라지면서 바닥으로 무언가 떨어지는 둔탁한 소리가 들려왔다.

철커덕.

투둑—

투투툭—

마치 꿈을 꾸는 환상처럼 빛무리가 사라지면서 랏섬의 농막 앞마당은 어지러운 파열음이 들려왔다.

아무도 입을 열지 않았다.

다만 무언가 떨어지는 소리만 요란하게 이어지고 있었다.

툭.

철거덕.

한동안 이어지던 파열음의 마지막을 알리듯 짧은 소성이 흐르고 이내 정적이 찾아왔다.

순간 허공에 떠 있던 김동하의 주변에 피어올랐던 은막이 천천히 걷히며 은막의 사이로 보이는 김동하가 천천히 아래로 내려서고 있었다.

김동하의 손에 들린 화목용 불쏘시개가 아래를 향하고 있었고 김동하의 표정은 냉막했다.

바닥으로 내려선 김동하가 나직하게 입을 열었다.

"평생을 자신들이 지은 죄업을 사죄하며 살아야 할 것이다."

차갑게 말하는 김동하의 목소리는 얼음처럼 싸늘했다.

그때였다.

사내들은 백색의 빛무리가 지나간 후에 농막의 앞마당에 벌어진 광경을 보며 입을 쩍 벌렸다.

"크악."

"아악."

사방에 흩어져 있는 것은 날카로운 것에 잘려나간 총의 흔적들과 함께 총을 쥐고 있던 자신들의 손이었다.

대부분의 사내들은 두 손이 잘렸고, 팔이 아닌 어깨까지 날카로운 것에 잘려나간 자들도 있었다.

한결같이 수술로 다시 붙인다고 해도 불가능할 정도로 잘려나간 손은 여러 토막으로 분리되어 있었다.

"크악 내 팔."

"크으으… 내 손이……."

잘려나간 손을 만지려고 하지만 남은 손이 없었기에 사내들은 거의 비명을 지르며 울부짖었다.

마이클 할버레인의 경호책임자인 사무엘 톰슨은 두 팔이 어깨부터 잘려나간 채 온몸을 비틀며 버둥거렸다.

다시 자신의 팔을 찾아서 이어붙이고 싶었지만 사방에 흩어진 섬뜩한 팔들의 조각 중 자신의 팔이 어떤 조각인지 확인할 수조차 없었기에 온몸을 비틀고 있었다.

땀으로 범벅이 된 얼굴로 연신 바닥에 흩어진 팔의 조각을 확인하고 있었지만 그럴수록 지금의 상황이 너무나 처참하게 느껴지고 있었다.

한편 자신의 링컨 컨티넨털 리무진의 뒷좌석에서 차창 밖으로 펼쳐진 광경을 지켜본 마이클 할버레인은 심장이 입 밖으로 튀어 나올 것 같은 충격에 휩싸였다.

허공으로 떠오른 김동하의 몸에서 피어나온 은막의 모습은 무척이나 신비로웠다.

하지만 은막의 사이로 쏟아지던 백색의 빛줄기에 부하들의 몸이 마치 베이컨 조각처럼 잘려나가는 모습은 너무나 공포스러운 장면이었다.

그의 눈에 바닥으로 내려선 김동하가 이쪽을 바라보는 것이 들어왔다.

"도, 도망을 쳐야 해."

그가 리무진의 앞쪽을 바라보았다.

리무진을 운전하던 경호원도 김동하의 손에 의해 팔이 잘린 상황이었기에 그의 리무진 운전석은 비어 있었다.

하얗게 질린 얼굴의 마이클 할버레인이 자신도 모르게 리무진의 손잡이를 잡았다.

자신이 잠금장치를 눌렀기에 잠금장치의 락버튼을 해제

하지 않으면 열리지 않는다는 사실도 잊었다.

철컥—

철컥—

문의 손잡이를 잡고 당겼지만 문은 열리지 않았다.

그의 옆자리에 앉아 있던 두 명의 금발여인들도 하얗게 질린 얼굴로 이쪽 리무진 쪽으로 걸어오는 김동하를 보며 몸서리를 쳤다.

"꺄."

"엄마."

두 여인의 입에서 울음이 섞인 비명소리가 흘러나왔다.

두 여인의 눈에 비친 김동하는 사람이 아닌 악마의 환생처럼 보였다.

삽시간에 땀으로 범벅이 된 마이클 할버레인이 살집으로 늘어진 볼살을 떨고 있었다.

그 순간 김동하가 리무진 가까이 다가왔다.

김동하가 리무진의 뒷좌석에 앉아서 하얗게 질린 얼굴로 볼살을 부들거리고 있는 마이클 할버레인을 바라보았다.

"나와."

나직하게 말하는 김동하의 목소리가 너무나 선명하게 들려왔다.

링컨 컨티넨털 리무진의 도어장치와 방음장치는 상당히 정밀해서 외부에서 말하는 소리는 차안에서 잘 알아들을 수도 없을 정도였다.

그런데 어떻게 된 영문인지 지금 김동하가 하는 말은 마이클 할버레인에게는 매우 선명하게 들렸다.

덜덜덜—

마치 학질에 걸린 것처럼 비대한 마이클 할버레인의 몸이 떨리고 있었다.

김동하가 혀를 차면서 리무진의 손잡이를 잡고 당겼다.

철컥—

리무진의 문은 마이클 할버레인이 조작해 놓은 락버튼으로 고정되어 있었기에 문이 열리지 않았다.

김동하의 이마가 살짝 찌푸려졌다.

그 모습을 본 마이클 할버레인이 떨리는 눈길로 김동하를 바라보았다.

그제야 자신이 리무진의 도어장치를 잠가놓았다는 것을 기억했다.

웬만한 총으로는 리무진의 방탄 성능을 뚫을 수 없다.

락버튼을 해제하지 않는다면 안으로 들어올 수도 없다는 것을 그제야 머릿속에 떠올린 마이클 할버레인이었다.

"모, 못 나가."

마이클 할버레인이 조금이라도 김동하에게서 멀어지려는 듯 자신의 뒤에 앉은 금발여인을 차 바닥으로 밀어내고 몸을 뒤로 움직였다.

여인이 우악스러운 마이클 할버레인의 완력에 힘을 잃고 리무진의 바닥으로 구겨지듯 쓰러졌다.

"악!"

여인의 뾰족한 비명소리가 들렸다.

그도 그럴 것이 150kg이 넘을 것 같은 비대한 체구의 마이클 할버레인이 깔고 있으니 숨이 막힐 것 같은 고통을 느낄 것이었다.

마이클 할버레인은 김동하가 비록 자신을 경호하는 부하들을 모두 처리했지만 절대로 자신의 리무진만은 뚫고 들어오지 못할 것이라고 생각했다.

김동하의 차가운 시선이 다시 마이클 할버레인의 시선과 마주쳤다.

한순간 마이클 할버레인이 눈을 꽉 감았다.

그의 눈과 마주친 김동하의 시선은 사람의 눈빛이 아닌 죽음의 사신과 같은 두려움을 안겨주는 것을 느꼈기 때문이다.

마이클 할버레인이 겁에 질려 있는 금발의 두 여인을 자신의 앞으로 잡아당겨 막았다.

"저, 절대로 문을 열어서는 안 돼. 저놈은 사람이 아니라 악마야."

덜덜덜.

비대한 마이클 할버레인의 몸뚱이가 사시나무가 흔들리는 것처럼 떨리고 있었다.

마이클 할버레인은 지금 자신이 악몽을 꾸고 있는 것이라고 생각했다.

인간의 몸으로 총알을 튕겨내는 것도 믿어지지 않았지만 철벽이라고 생각했던 자신의 부하들이 한순간에 김동하의 손에 의해 나무토막처럼 잘려나가는 것을 보며 지금 자신이 현실이 아닌 환상에 시달리고 있다는 생각이 들었다.

김동하가 몸을 떨면서 연약한 두 명의 금발여인들을 잡아당겨 마치 방패처럼 자신의 몸을 가리는 것을 보며 어금니를 깨물었다.

"열지 않겠나?"

"저, 절대 못 열어."

마치 발악을 하듯 마이클 할버레인이 소리쳤다.

다행인 것은 곧 자신의 최측근인 부하들이 도착할 것이라는 점이다.

김동하가 비록 믿어지지 않는 힘을 가지고 있다곤 하지만 방탄장갑으로 무장된 자신의 리무진을 강제로 열지 못한다는 것에 어느 정도 희망을 걸고 있었다.

부하들이 도착한다고 해도 괴물과 같은 능력을 지닌 김동하를 해치울 것 같지는 않았지만 자신이 도망을 갈 시간은 벌 수 있다고 생각했다.

부하들이야 김동하에게 당하든 죽든 상관없었지만 자신만큼은 온전히 김동하의 손에서 벗어나야 한다는 생각뿐이었다.

그 때문에 절대로 문을 열어줄 생각이 없었다.

김동하가 입술을 잘근 깨물었다.

"이것이 당신의 몸을 지켜 줄 수 있을 것이라고 생각한 모양이군?"

김동하가 손바닥으로 리무진의 창문을 가볍게 두들겼다.

순간 김동하의 미간에 다시 주름이 생겨났다.

손바닥의 감촉으로 리무진의 유리두께가 상당하다는 것을 느낀 것이다.

또한 리무진의 차체의 두께 역시 김동하가 생각한 것보다 훨씬 두껍고 단단하다는 것을 직감했다.

"그래서 이 쇠 상자와 같은 곳으로 기어 들어간 것이로군 그래. 이것이 널 지켜 줄 것이라고 믿었다니 생각보다는 아둔한 자로군."

낮게 중얼거린 김동하가 차가운 시선으로 리무진의 안쪽을 바라보았다.

그의 눈에 몸을 떨고 있는 두 명의 금발여인과 그 사이에서 잔뜩 질린 얼굴로 자신을 바라보고 있는 살찐 검은 돼지와 같은 마이클 할버레인의 얼굴이 보였다.

김동하가 리무진의 뒷좌석 유리창에 손바닥을 대었다.

차안에서 마이클 할버레인의 고함소리가 들려왔다.

"대포를 가져온다고 해도 이 차는 깨트리지 못해."

고함을 친 마이클 할버레인은 자신의 심복과도 같은 부하들이 서둘러 도착하기를 간절하게 빌고 있었다.

김동하가 이를 악물고 몸속의 무량기를 끌어올렸다.

조선남자
朝鮮男子

218

그의 손바닥은 한 뼘이 넘을 것 같은 두께의 리무진 뒷좌석의 유리 위에 있었다.

김동하는 자신의 무량기라면 리무진의 두꺼운 방탄유리를 뚫을 수 있을 것이라고 믿었다.

이내 김동하의 눈빛이 시퍼렇게 변했다.

이제는 차서 넘칠 정도의 무량기를 제대로 끌어올리기 시작한 것이다.

그때였다.

부우우우우우우웅—

랏섬의 입구 쪽으로 검은색의 승용차 몇 대와 뒤를 따라오는 몇 대의 SUV차량이 들어섰다.

모두 6대의 승용차와 6대의 SUV차량이었다.

마이클 할버레인이 기다리고 있던 그의 심복들이 도착한 것이었다.

제일 먼저 랏섬의 입구로 들어서던 킹덤의 뉴욕 브루클린 지역의 책임자 해리 존슨이 랏섬의 농막 앞마당의 상황을 발견하고 얼굴을 굳혔다.

"저게 뭐야?"

그의 눈에 들어온 랏섬의 모습은 지금까지 수없이 봐왔던 풍경과는 전혀 다른 광경이었다.

뒤이어 맨해튼 시빅센터와 차이나타운의 책임자 토미 버키 역시 랏섬의 풍경을 보며 놀란 표정으로 눈을 껌벅였다.

그의 눈에 랏섬의 농막 앞쪽에 세워진 눈에 익은 리무진이 들어왔다.

"보스께서는 도착하신 모양인데……."

얼굴을 찌푸린 토미 버키가 막 랏섬의 앞마당으로 들어서는 순간 표정이 굳어졌다.

"이, 이건……."

랏섬의 농막 앞마당에는 온통 시뻘건 혈흔으로 가득했다.

뒤이어 팔이 잘린 부하들이 몸을 버둥거리고 있는 모습과 바닥에 쓰러져 뒹굴며 울부짖고 있는 상황들이 한눈에 들어왔다.

"이, 이게 어떻게 된 일이야?"

끽—

끼이이익—

급하게 랏섬의 마당으로 들어선 차들이 흙먼지를 일으키며 급하게 정차했다.

마이클 할버레인의 리무진에 손을 대고 있던 김동하가 머리를 돌리며 리무진의 유리창에 손을 대고 있던 자신의 손을 떼어냈다.

벌컥—

벌컥—

막 도착한 차들의 문이 급하게 열리면서 상기된 얼굴의 사내들이 급하게 차에서 내렸다.

차에서 내린 사내들이 윗옷을 벗고 있었던 탓에 사내들의 몸에 걸쳐진 총으로 무장된 하네스가 흔들거리고 있는 것이 두드러졌다.

차에서 내린 사내들 중에 무장을 하고 있지 않은 자는 단한 명도 없었다.

그들의 얼굴이 하얗게 질려갔다.

눈앞에 펼쳐진 광경은 그야말로 소와 돼지를 도축하는 도살장 같이 너무나 참혹한 모습이었기 때문이다.

막 도착한 사내들의 귀로 김동하에게 당한 마이클 할버레인의 경호원들이 질러대는 울부짖음과 비명소리가 시끄럽게 들려오고 있었다.

"이게 도대체 무슨 일이야?"

이곳에서 처절한 전쟁이 펼쳐지기라도 한 듯 참혹한 모습이었다.

뒤늦게 차에서 내려선 퀸즈 지역의 책임자 라울 서들튼과 브롱크스 지역의 책임자 미오 파오치치가 입을 쩍 벌렸다.

마지막으로 맨해튼의 미드타운 지역을 책임진 루카스 번즈가 눈을 껌벅이며 지금 벌어진 상황이 어떻게 된 영문인지 파악하려는 듯 주변을 두리번거렸다.

승용차의 뒤를 이어 도착한 SUV 차량에서 쏟아지듯 무장한 사내들이 밖으로 튀어나왔다.

그들 역시 지금 눈앞의 상황이 너무나 황당하다는 반응

의 표정이었다.

그때였다.

덜컥―

닫혀 있던 리무진의 뒷좌석의 반대편 문이 급박하게 열리면서 비대한 체구의 마이클 할버레인이 차에서 뛰어나왔다.

"토미, 해리 저놈을 막아."

목이 쉰 듯 캑캑거리는 듯한 소리로 고함을 치는 마이클 할버레인의 목소리에 모두의 시선이 차에서 뛰어나온 마이클 할버레인에게 향했다.

"보스, 이게 무슨 일입니까?"

토미 버키가 눈을 껌벅이며 얼굴이 땀으로 범벅이 된 보스 마이클 할버레인을 바라보았다.

"보스, 이게 대체……."

"무슨 상황입니까?"

마이클 할버레인의 심복이자 킹덤에서 각자에게 할당된 지역을 관할하고 있는 해리 존슨과 라울 서들튼이 동시에 물었다.

마이클 할버레인이 마치 도망을 치듯 자신의 부하들이 있는 곳으로 허둥거리며 움직였다.

그의 비대한 체구에 비해서 꽤 놀랄 정도로 빠른 움직임이었다.

땀에 젖은 얼굴로 숨을 헐떡이는 마이클 할버레인은 이

제야 살았다는 얼굴 표정이었다.

마이클 할버레인이 이를 악물었다.

"사정은 나중에 설명할 것이니 저놈 죽여. 쏴 죽이란 말이다."

마이클 할버레인이 마치 귀신을 본 듯한 시선으로 자신의 리무진 곁에 서 있는 김동하를 손으로 가리켰다.

토미버키가 이마를 찌푸렸다.

"저 노랭이 놈을 죽이란 말씀입니까?"

해리 존슨도 얼굴을 찌푸리며 김동하를 바라보았다.

"아니 고작 동양원숭이 하나뿐인데……."

두 사람의 눈에 비친 김동하는 그저 자신들과 외모가 다른 젊은 동양인 청년일 뿐이었다.

그런데 지금 보스인 마이클 할버레인은 마치 유령이라도 본 것 같이 사색이 되어 있는 표정이었기에 두 사람으로서는 어리둥절할 뿐이었다.

이곳 랏섬에서 죽은 사람은 한두 명이 아니었다.

그중에서 동양인도 몇 명은 있었을 것이라고 기억하고 있었지만 그것이 중요한 것이 아니다.

고작 동양인 청년 한명이 킹덤의 보스 마이클 할버레인을 이런 상황으로 내몰았다는 것이 이해되지 않았다.

마이클 할버레인이 이를 갈았다.

"저놈 보통 놈이 아니야. 살려줄 필요 없으니 당장 죽여. 심장에 총알을 박아 넣으란 말이다."

마이클 할버레인은 부하들이 도착하자 조금 전의 상황을 잊은 듯 김동하를 제거할 수 있을 것이라고 착각하고 있었다.

그만큼 부하들의 등장이 반가웠기 때문이다.

토미 버키가 이마를 찌푸리며 김동하를 바라보았다.

손에 볼품없어 보이는 쇠꼬챙이 같은 것을 들고 있는 동양인이었다.

외형상 크게 이상한 느낌이 들지 않는 그야말로 총알 값도 아까운 동양인 한 명이었다.

토미 버키가 머리를 돌려 자신의 부하 한 명을 바라보았다.

"크리스, 마이클 보스의 지시다. 네가 처리해."

크리스라 불린 사내가 머리를 숙였다.

"알겠습니다."

자신의 보스인 토미 버키의 지시였기에 크리스 로한이 자신의 겨드랑이에 걸려 있는 하네스에서 베레타를 뽑아냈다.

랏섬에서 동양인 하나 처리하는 것은 푸줏간에서 닭 하나 처리하는 것처럼 간단한 일이었다.

흔적도 남지 않고 증거조차 단 한 톨도 남지 않을 것이었다.

크리스 로한의 손에 들린 베레타의 총구가 김동하의 미간을 겨냥했다.

김동하는 크리스 로한의 베레타 총구를 보는 대신 주변을 둘러보고 있었다.

　김동하의 미간이 좁혀졌다.

　이곳에 몰려온 사내들의 몸에서 흘러나온 기감을 통해 이중 쓸 만한 기운을 가진 자들은 단 한 명도 없다는 판단을 내린 김동하였다.

　크리스 로한이 김동하의 흔들림 없는 시선을 보며 혀를 찼다.

　"오랜만에 간덩이 하나는 쓸 만한 놈을 만난 것 같은데 보스를 화나게 만든 대가로 죽게 되겠군. 안 됐다. 잘 가거라."

　타앙—

　낮게 중얼거리는 크리스 로한의 목소리에 이어 격발음이 터졌다.

　단 한순간도 망설임이 없는 그야말로 너무나 냉정한 사형집행이었다.

　그때였다.

　"저놈만 시키지 말고 모두 한꺼번에 나서서 저놈을 죽이란 말이다. 혼자서는 저 괴물 같은 동양인 놈을 못 죽이니까 한꺼번에 나서서 죽여."

　마이클 할버레인은 크리스 로한 한 명으로는 절대로 김동하를 죽이지 못한다는 것을 이미 경험으로 알고 있었다.

　그 때문에 부하들에게 한꺼번에 나서라고 고함을 쳤다.

해리 존슨이 이마를 찌푸렸다.

"보스, 고작 동양 원숭이 한 놈인데……."

말을 하는 순간 해리 존슨은 총알이 강철갑주와 같은 단단한 것을 두들기고 튕겨나는 소리를 들었다.

쩌어어엉—

티이이잉—

해리 존슨이 눈을 동그랗게 뜨고 시선을 돌려 방금 크리스 루한이 사형을 집행한 김동하를 바라보았다.

그의 눈에 김동하의 미간에 총을 쏜 크리스 로한의 놀란 얼굴과 김동하의 서늘한 표정이 그대로 들어왔다.

크리스 로한은 자신의 사격이 빗나갔다는 생각은 하지 않았다.

정확하게 동양인의 머리 한가운데를 겨냥했고 흔들리지 않고 총을 쏘아 구멍을 뚫어놓았다고 생각했다.

하지만 그런 자신의 생각과는 달리 동양인 사내의 이마에서 시퍼런 불꽃이 튕기며 총알이 다른 방향으로 튕겨져나간 듯했다.

"이게 무슨……."

크리스 로한이 다시 총을 쏘려는 듯 베레타를 들어올렸다.

김동하와 크리스 로한과의 거리는 5m도 채 되지 않는 짧은 거리였다.

이번에는 실수하지 않을 것이라고 생각한 크리스 로한이

입술을 깨물었다.

그의 머릿속에 눈앞의 동양인 머리가 산산이 깨어져 부서지는 장면이 마치 슬로비디오처럼 보였다.

총을 들어올리는 그의 눈에 눈앞에 서 있던 동양인 사내의 얼굴이 커지는 느낌이 들었다.

"엇?"

짧은 당혹성이 흘러나오는 순간 크리스 로한은 자신의 짧은 파공성과 함께 손목이 뜨끔한 느낌을 받았다.

쉬익—

서걱—

파공음과 함께 희미하게 무언가 잘려나가는 듯한 소리가 들렸지만 그것이 무언지는 확인할 수가 없었다.

그의 시선 속에 표적으로 삼으려 했던 동양인의 얼굴이 너무 가까이 있었기 때문이다.

"이게……."

놀란 크리스 로한의 입이 살짝 벌어졌다.

동시에 그의 발등으로 무언가 떨어져 내렸다.

투욱—

발등을 두드린 것이 무언지 확인하기 위해 고개를 숙인 크리스 로한에게 눈에 익은 베레타를 쥔 손이 들어왔다.

팔뚝부터 잘려나간 손은 아직도 자신이 잘린 것을 모르는 것인지 베레타를 쥔 손에 힘이 가득 실려 있었다.

그런 크리스 로한의 귀로 낮은 남자의 목소리가 들려왔다.

"두 번 다시 장난삼아 다른 사람의 생명을 뺏는 일은 할 수가 없을 거야."

낮은 목소리와 함께 무언가 그의 턱 아래를 찌르는 느낌이 들었다.

쿡—

순간 크리스 로한의 입이 쩍 벌어졌다.

"크르륵."

입을 벌린 크리스 로한의 입술 끝으로 침이 고여 흘러내리기 시작했다.

한순간 크리스 로한은 머릿속이 하얗게 비워지는 느낌이었다.

말을 하고 싶었지만 말이 뱉어지지도 않았고 목을 돌리려 했지만 마치 온몸이 돌덩이가 된 것처럼 움직여지지도 않았다.

김동하는 크리스 로한의 기감을 읽으면서 그가 수십 건의 사람 생명을 해쳤다는 것을 느꼈다.

그것도 마치 장난삼아 사냥을 하듯 사람의 생명을 뺏었다는 것을 읽어냈다.

그런 크리스 로한에게 사정을 봐 줄 생각은 조금도 없는 김동하였다.

김동하는 크리스 로한의 팔을 잘라냄과 동시에 그의 남은 천명까지 단숨에 회수했다.

몸이 뻣뻣하게 굳은 크리스 로한의 몸이 삽시간에 변하

228

기 시작했다.

스르르르르륵―

제법 단정하게 길러져 있었던 붉은빛이 감도는 크리스 로한의 머리카락이 단숨에 자라나고 있었고 동시에 나이 답지 않게 팽팽하던 그의 얼굴이 변하기 시작했다.

그 모습을 본 마이클 할버레인과 그의 심복들의 얼굴이 굳어졌다.

"저게 뭐야? 크리스가 왜 저래?"

"이, 이게 어떻게 된 거야?"

크리스 로한이 컥컥대기 시작했다.

몸에서 급격하게 빠져나가는 무언가가 그에게 견딜 수 없는 상실감을 안겨주었기 때문이다.

"컥!"

"컥!"

크리스 로한의 입에서 가래가 끓는 소리와 같은 기묘한 소리가 들려왔다.

그 순간 김동하가 머리를 돌려 마이클 할버레인과 그의 심복들을 바라보았다.

"천명을 회수하는 단죄의 시간이 얼마나 두렵고 무서운 것인지 이제부터 경험하게 될 거야. 아마 지금까지 자신들이 저질러왔던 과거의 그 사악한 행동에 대한 대가를 치르면서 아주 많이 후회하게 될 것이니 각오해 두는 것이 좋을 거야. 그게 당신들에게는 지옥으로 느껴질 테지만 말이야."

말을 마친 김동하가 싸늘한 얼굴로 마이클 할버레인을 쏘아보았다.

마이클 할버레인은 단 순식간에 심복의 부하가 주름으로 가득한 노인의 모습으로 변하는 것을 보며 입을 쩍 벌렸다.

이제 그의 얼굴에 떠올라 있는 것은 살아야 한다는 갈망으로 가득한 표정이 아니었다.

신과 대면한 것에 대한 두려움으로 가득 차 있었다.

단죄의 시간

　김동하는 이제는 죽은 랏섬 농장의 책임자 리오넬 헤이든을 통해 알게 된 마이클 할버레인의 사악한 죄업에 절대로 용서하지 못할 단죄를 내릴 것을 결정했다.

　신의 권능을 가진 김동하였지만 마이클 할버레인과 같은 자에게는 천명의 회수로 끝낼 단죄로는 그의 죄업이 지워지지 않는다고 판단했다.

　다른 자 역시 마찬가지였다.

　재미로 사람을 죽이고 총의 성능을 시험하기 위해 애꿎은 사람의 생명을 뺏은 자들이었다.

　그런 자들을 그저 단순하게 천명만 회수하는 단죄로 끝

낼 수는 없었다.

신이 권능을 주었다면 그에 대한 책임도 김동하에게 주어졌다.

김동하는 그 권능에 동반된 책임까지 다할 생각을 처음으로 품게 되었다.

순박하고 선량한 품성을 가지고 있던 김동하로서는 마이클 할버레인과 그 부하들이 저질러 온 악의 세상을 절대로 용서하고 싶지 않았다.

그들에게 본보기가 될 정도로 단호함을 보여줄 생각이었다.

마이클 할버레인이 입을 쩍 벌리며 물러섰다.

"저, 저게⋯⋯."

마이클 할버레인은 자신보다 젊었던 크리스 로한이 단숨에 자신보다 수십 살은 나이가 더 먹은 노인의 모습으로 변해버리는 것이 너무나 공포스럽게 느껴졌다.

그건 다른 사람들도 마찬가지였다.

또한 그제야 김동하가 이곳 랫섬의 책임자인 리오넬 헤이든과 함께 데리고 나온 노인의 얼굴이 낯익다는 것을 느꼈다.

"마, 맙소사. 듀, 듀크였어."

마이클 할버레인은 리오넬 헤이든의 옆에 있던 노인이 이번 일의 원인이었던 듀크 레이얼이었다는 것을 이제야 알았다.

김동하가 검은 피부에 땀으로 범벅이 되어 있는 마이클 할버레인을 보며 입을 열었다.

"당신은 지금까지 살아오면서 당신이 저질러 온 죄업의 대가가 얼마나 당신을 비참하게 만들 것인지 몰랐을 거야. 하지만 곧 알게 되겠지."

김동하의 목소리는 그야말로 얼음장처럼 냉기로 가득 차 있었다.

비계 덩어리 같은 마이클 할버레인은 머릿속에 온통 지독한 탐욕과 욕망으로 가득 차 있는 쓰레기라는 것을 알고 있었기에 절대로 그를 용서할 생각이 없었다.

뒤늦게 랏섬에 도착한 마이클 할버레인의 심복들은 자신들의 눈앞에서 크리스 로한이 삽시간에 노인의 모습으로 늙어가는 것을 목격하고는 온 몸이 얼어붙는 느낌이었다.

킹덤에서 브루클린 지역을 책임진 해리 존슨이 멍한 표정으로 김동하를 바라보았다.

이 세상에 저런 능력을 가진 사람이 존재한다는 말은 들어본 적이 없었다.

"저, 저게 어떻게 된 거야? 갑자기 크리스가 왜 노인이 된 거야?"

직접 눈으로 보았음에도 도무지 믿기지 않았다.

눈앞에서 천명이 회수당해 노인의 모습으로 변해가는 것을 그들로서는 절대로 이해할 수가 없었다.

다만 지켜보고 있던 마이클 할버레인의 부하들은 심장이

덜컥 내려 않는 기분이었다.

이제는 주름으로 가득한 노인으로 변한 크리스 로한이 몸의 힘을 잃은 것인지 바닥에 털썩 주저앉았다.

지금의 크리스 로한은 조금 전까지 킹덤에서도 젊은 나이에 속하는 30대 중반의 사내였다는 것이 믿어지지 않을 정도로 완전한 노인의 모습으로 변해 있었다.

마이클 할버레인의 부하들이 눈을 껌벅이고 입을 뻐끔거리며 이 오금이 저릴 정도의 오싹한 광경을 지켜보고 있었다.

그때였다.

"누구든 저놈을 죽이면 맨해튼 구역의 절반을 넘겨줄 것이다. 아니 킹덤의 절반을 넘겨준다. 그러니까 지금 당장 저 자식을 죽여. 총이든 뭐든 아무거나 사용해도 좋으니까 저 자식을 죽이란 말이다."

비대한 체구의 마이클 할버레인이 땀으로 범벅이 된 얼굴을 흔들며 소리쳤다.

아직 태양도 떠오르지 않는 이른 새벽시간의 랏섬 농장에서 벌어지고 있는 초유의 사태는 마이클 할버레인의 지시를 받고 몰려온 그의 심복들을 당황하게 만들었다.

더구나 조직의 이인자라고 해도 자신의 권위를 넘보는 순간 제거할 정도로 단호하고 욕심이 많은 마이클 할버레인이 킹덤의 절반을 넘겨준다는 제안을 할 정도로 다급해하고 있었다.

평소와는 전혀 다른 그의 태도에 심복들이 멈칫했다.

하지만 좀 전에 어떻게 한 것인지 동양인 사내를 처형하려던 크리스 로한이 팔이 잘리고 그것도 모자라 한순간에 노인의 모습으로 변한 것을 목격하자 정신이 없을 정도로 놀란 상태였다.

맨해튼 시빅 센터와 차이나타운 영역을 책임지고 있던 심복 토미 버키가 마이클 할버레인을 돌아보며 물었다.

"보스, 저자가 도대체 누굽니까?"

토미 버키는 단 한 번도 들어본 적도 없는 동양인을 죽이라고 소리치는 마이클 할버레인이 이해가 되지 않았다.

더구나 지금의 마이클 할버레인은 토미 버키로서는 단 한 번도 보지 못했던 공포심으로 가득 차 있는 얼굴이었다.

마이클 할버레인이 이를 악물었다.

"저 동양놈, 악마야. 그러니까 당장 죽여, 토미."

마이클 할버레인의 눈에 비친 김동하는 말 그대로 악마의 현신처럼 느껴지고 있었다.

킹덤에서도 나름 실력이 있는 자들로만 선별해서 데려온 20명이 넘었던 자신의 경호원들을 단숨에 팔을 잘라내 버린 김동하였다.

더구나 사람의 능력으로는 불가능한 그 신비로운 힘은 지금도 그의 아랫도리가 축축할 정도로 놀라게 만들었다.

아무것도 없는 허공에 떠 있던 김동하의 몸에서 은빛의

광채가 흘러나와 사방을 꽉 채우던 장면.

그런 김동하를 향해 경호원들이 총을 난사했지만 김동하의 머리털 하나 건드리지 못했던 광경은 너무나 두렵고 무서웠다.

제일 무서웠던 것은 은빛의 광막 속에서 백색의 빛줄기가 스쳐가는 곳은 그 무엇이라도 잘려나가던 장면이었다.

그 때문에 마이클 할버레인의 머릿속엔 자신의 눈앞에서 펼쳐지던 그 엄청난 광경을 만들어낸 김동하는 지옥에서 환생한 악마의 모습이라는 생각뿐이었다.

토미 버키의 이마가 찌푸려졌다.

자신이 알고 있던 킹덤의 보스인 마이클 할버레인은 눈앞에서 살아 있는 자의 심장이 뜯겨져 나가는 장면을 눈 하나 깜박이지 않고 지켜볼 정도로 잔혹한 사람이었다.

랏섬의 명물이라고 할 수 있는 폐목분쇄기의 희생자가 되었던 도니 애스몬드 가족의 처형장면은 마이클 할버레인이 얼마나 냉혹한 보스인지 증명하는 일화로 남아 있었다.

킹덤의 조직원들이 절대로 배신이라는 마음조차 꿀 수 없게 만들 정도로 잔혹했다.

도니 애스몬드는 3년 전 킹덤의 마약거래에 관한 정보를 뉴욕의 하부조직이었던 블랙크로스파에게 넘겨준 것이 발각 나 이곳에서 처형이 집행되었다.

도니 애스몬드뿐만 아니라 그의 아내 수잔 애스몬드 그

238

리고 그들의 어린 딸 앤과 그레이스까지 폐목분쇄기에 넣어져 믹서로 변해 캔시코 호수에 뿌려졌다.

당시 도니 애스몬드가 두 딸만은 살려달라고 울부짖던 장면은 당시의 그 상황을 지켜본 킹덤의 조직원들에겐 트라우마로 남을 정도로 잔혹했다.

도니 애스몬드의 처형 당시 그의 두 딸은 이제 10살과 12살의 아무것도 모르는 어린 나이였다.

도니 에스몬드 가족의 처형을 지시했던 마이클 할버레인의 그 잔혹한 인간성은 조직원들에게 공포심을 안겨주기에 충분했다.

그런 마이클 할버레인이 동양인 한 명을 보면서 악마라고 소리치며 겁에 질린 모습은 토미 버키를 어리둥절하게 만들었다.

토미 버키가 다시 김동하를 바라보았다.

겉으로 보이는 김동하의 모습은 제법 준수하게 생긴 동양인 청년이라는 느낌뿐, 그 어떤 특별함도 느껴지지 않았다.

자신의 부하였던 크리스 로한이 김동하를 처형하는 것에 실수한 것은 멍청하게 제대로 겨냥을 하지 않고 총을 쐈기 때문이라고 생각했다.

다만 그런 크리스 로한이 한순간에 노인의 모습으로 변해버린 것이 지금도 이해가 되지 않았다.

그때였다.

타앙—

토미 버키의 뒤에서 총성이 울리며 마치 토미 버키의 뺨을 스치듯 한발의 총탄이 앞쪽에 서 있던 김동하를 향해 날아갔다.

순간 김동하의 몸이 한쪽으로 빙글 돌며 주저앉았다.

털썩—

김동하가 빙글 돌며 주저앉는 장면은 누가 보아도 김동하의 몸에 총탄이 제대로 격중한 듯한 장면이었다.

멀리 떨어진 농막의 난간에서 지켜보고 있던 한서영이 비명을 질렀다.

"꺅!"

한서영은 총소리와 함께 김동하가 쓰러지는 것이 보이자 자신도 모르게 비명을 질렀다.

그녀는 이곳에 있는 그 누구도 김동하를 건드리지 못할 것이라고 하늘처럼 믿었다.

그랬기에 지금의 김동하가 쓰러지는 장면은 한서영에게는 너무나 무서운 장면이었다.

한서영은 김동하가 움직이지 말라는 당부를 하였음에도 불구하고 하얗게 질린 얼굴로 농막의 난간 아래로 달려오고 있었다.

너무나 놀랐기에 걸음걸이가 휘청거렸다.

농막의 난간을 내려서는 순간 바닥으로 한번 쓰러졌다가 다시 일어나 김동하가 있는 쪽으로 달려오고 있었다.

킹덤의 부하들이 미간을 좁히며 한서영을 바라보고 있었다.

생각지도 않았던 여자의 비명소리에 살짝 놀랐지만 손에 아무것도 들지 않고 긴 머리칼을 산발한 채 달려오는 여인은 경계할 대상이 아니었기에 내버려 두었다.

한서영은 김동하가 총에 맞는 순간 눈앞이 캄캄해졌다.

또한 그냥 토마스 레이얼 회장을 살려주고 나서 바로 한국으로 돌아가지 못했던 것이 너무나 후회가 되었다.

한서영의 눈에 눈물이 차오르고 있었다.

아무도 그런 한서영의 앞을 막지 않았기에 한서영이 급하게 바닥에 몸을 숙이고 있는 김동하를 껴안았다.

와락—

"동하야."

영어가 아닌 한국어였기에 킹덤의 부하들은 한서영의 말을 알아들을 수가 없었다.

한서영은 바닥에 몸을 숙이고 있는 김동하를 보며 자신도 모르게 울음이 터져 나왔다.

신의 능력을 가진 김동하였다.

그런 김동하가 총에 맞았다는 사실이 너무나 무섭고 두려웠다.

"흐윽 이걸 어떡해?"

김동하의 몸을 와락 껴안은 한서영의 입에서 결국 흐느끼는 소리가 흘러나오고 있었다.

한편 자신의 등 뒤에서 갑자기 총을 쏜 것에 놀란 토미 버키의 얼굴이 일그러졌다.

비키라는 경고도 없이 총을 쏜 놈의 머리통을 부숴버리고 싶을 정도로 놀랐던 토미 버키였다.

토미 버키의 뒤에서 나직한 목소리가 들려왔다.

"뭘 망설이고 있어? 토미, 마이클 보스께서 저 동양원숭이 놈을 제거하라고 결정하셨다면 그것으로 끝난 게 아닌가? 망설인 것은 자네 실수야. 그나저나 저 원숭이 같은 놈에게 일행이 있을 것이라곤 생각하지 못했군. 더구나 여자라니… 흐흐."

차갑고 냉정한 말이었다.

머리를 돌리는 토미 버키의 눈에 총구에서 흘러나오는 화약연기를 오므린 입술로 불어내는 해리 존슨의 비웃는 얼굴이 들어왔다.

해리 존슨은 보스인 마이클 할버레인이 약속했던 킹덤의 절반이 자신의 손에 들어왔다고 생각하는지 얼굴에 가득 미소를 머금고 있었다.

비록 욕심이 많고 자신의 권위에 대한 도전은 용서하지도 않을 정도로 냉혹한 보스이지만 이렇게 많은 부하들이 지켜보는 앞에서 자신의 입으로 제시한 약속을 어기지는 못할 것이다.

이 기막힌 선공이 자신에게 행운을 안겨주었다고 생각하는 해리 존슨이었다.

마이클 할버레인은 악마와 같은 김동하가 부하인 해리 존슨의 총알 한방에 쓰러지는 것을 보며 눈을 부릅뜨고 있었다.

좀 전까지는 수십, 수백 발의 총탄으로도 털끝 하나 건들지 못했던 김동하였다.

하지만 지금은 자신의 심복인 해리 존슨의 총알 한 발에 말도 하지 못하고 쓰러지는 것을 보며 입을 벌렸다.

"주, 죽었다고?"

마이클 할버레인이 눈을 껌벅였다.

믿어지지 않는 너무나 충격적인 상황이었다.

자신의 지시로 부하들이 김동하를 공격하는 순간 자신은 리무진을 타고 이곳에서 피할 생각을 하고 있었던 마이클 할버레인이었다.

부하들이야 죽든 말든 상관없이 자신만 이곳을 빠져나가면 그뿐이라고 생각했다.

하지만 그럴 필요도 없이 김동하가 부하인 해리 존슨의 총알 한방에 죽었다는 것은 일순 마이클 할버레인의 정신을 번쩍 들게 만들었다.

인간이 아닌 악마와 같은 능력을 가진 동양인 놈이었다.

그런 악마가 죽었다는 것은 마이클 할버레인의 심장을 터질 듯 두근거리게 만들었다.

"해, 해리 확인해 봐. 진짜 저 악마 같은 놈이 죽은 것이냐?"

마이클 할버레인은 바닥에 몸을 숙이고 있는 김동하와 그런 김동하를 안고 울고 있는 한서영을 보며 소리쳤다.

해리 존슨이 자신의 권총인 글록을 옆구리에 채워진 홀스터에 끼워 넣으며 빙글 웃었다.

"제 총은 빗나가는 법이 없습니다 보스. 놈의 이마에 시원한 바람구멍이 나 있을 겁니다. 하하."

"놈이 죽었는지 확인해 보란 말이다. 지금 당장."

그러나 마이클 할버레인은 그의 말을 전혀 듣지 않고 언성을 높였다.

마이클 할버레인의 땀으로 범벅이 된 얼굴이 와락 일그러지자 해리 존슨이 약간 멈칫하며 대답했다.

"알겠습니다."

약간 굳은 표정으로 대답한 해리 존슨이 자신의 부하 한 명을 보며 입을 열었다.

"미키, 확인해 봐."

해리 존슨의 지시에 미키라 불린 사내가 대답했다.

"예, 보스."

머리를 숙인 미키라는 금발 사내가 천천히 몸을 숙이고 있는 김동하와 한서영의 곁으로 다가섰다.

그때 지켜보고 있던 마이클 할버레인이 소리쳤다.

"잠깐, 그 계집은 건드리지 마라. 사내놈이 죽었다면 계집은 나한테 데려와."

좀 전까지는 김동하의 손에서 벗어나 이곳에서 도망을

칠 생각만 했던 마이클 할버레인이었지만 김동하가 죽었
다는 사실에 잠시 잊고 있었던 한서영에 대한 욕심이 다시
생겨나고 있었다.

해리 존슨의 부하인 미키라는 사내가 대답했다.

"아, 알겠습니다."

짧게 대답을 한 미키라는 사내가 몸을 숙이고 있는 김동
하와 눈물이 범벅이 된 얼굴로 김동하를 안고 있는 한서영
의 곁으로 다가섰다.

미키라는 사내의 눈이 잠시 울고 있는 한서영을 바라보
다가 몸을 숙였다.

그때였다.

"무량기를 잠시 거두었던 것이 엉뚱한 오해를 낳게 만들
었군 그래."

낮은 목소리였다.

눈물로 범벅이 되었던 한서영의 얼굴이 굳어졌다.

동시에 김동하와 한서영의 곁으로 다가서던 미키라는 사
내의 얼굴이 딱딱하게 변했다.

총에 맞아 숨통이 끊어졌을 것이라고 생각했던 김동하의
몸이 천천히 움직이고 있었다.

아니, 움직이는 것이 아니라 울고 있는 한서영을 안고 몸
을 일으키고 있는 것이다.

한서영이 눈을 껌벅이며 김동하를 바라보았다.

"도, 동하야."

한서영의 목소리가 살짝 떨리고 있었다.

김동하가 자신의 품에 안긴 한서영을 내려다보며 빙긋 웃었다.

"이자들이 가진 품성을 감지해 보기 위해서 잠시 무량기를 풀었다가 거두어들이면서 조금 실수를 했습니다. 전 괜찮으니 걱정하지 마십시오."

한서영이 입을 벌렸다.

"초, 총알은? 총에 맞지 않은 거야?"

한서영의 다급한 물음에 김동하가 웃으면서 한서영의 얼굴 앞에 손을 내밀었다.

"무량기로 강막을 만들지 못해 다급하게 저자들이 쏜 총의 탄환을 손으로 받아내어야 했지만 그것뿐. 별다른 이상은 없습니다."

부드럽게 말을 하며 손을 내미는 김동하의 손바닥 위에 새끼손톱 크기의 작은 금속물체가 놓여 있었다.

해리 존슨이 쏜 글록의 9mm 파라블럼탄이었다.

총탄은 총구에서 발사된 원형이 그대로 보존되어 있었고 희미한 열기를 머금고 있었다.

김동하는 마이클 할버레인이 소집한 그의 부하들이 가진 품성을 알아내기 위해서 무량기를 퍼트렸고, 그것을 회수하면서 자신의 몸에 강막을 입히지 못했던 실수를 범했다.

마이클 할버레인의 부하들로서는 알 수 없는 상황이었지만 그 짧은 시간에 우연히 해리 존슨이 김동하를 겨냥하고

총을 쏜 것이다.

미처 무량기로 강막을 펼칠 수가 없는 상황이었기에 김동하로서는 자신의 머리로 날아드는 해리 존슨의 총알을 손으로 받아내어야만 했다.

그리고 총탄의 탄속을 줄이기 위해 몸을 회전하며 바닥에 웅크렸다.

그 모든 장면이 마치 김동하가 총을 맞는 것처럼 보였기에 한서영을 비롯하여 마이클 할버레인과 그 부하들이 오해를 한 것이다.

김동하가 한서영을 안고 천천히 일어서며 마이클 할버레인을 바라보았다.

"내가 죽기를 바란 모양인데… 아쉽겠지만 그런 일은 일어나지 않을 거야."

나직하게 말한 김동하가 자신을 향해 총을 쏜 해리 존슨을 바라보았다.

"나에게 이런 쇳조각 따위는 필요 없을 것 같군."

김동하가 해리 존슨을 향해 엄지와 검지로 총탄을 들어 보였다.

해리 존슨의 얼굴이 딱딱하게 굳어졌다.

"초, 총알을 받아냈다고?"

맨손으로 총알을 받아낼 수 있는 사람이 있다는 말은 단한 번도 들어보지 못한 해리 존슨이었다.

만약 총에서 발사된 총알을 맨손으로 받아내는 것이 상

식이라면 이 세상의 모든 총은 살상무기가 아닌 장난감이라고 해도 틀리지 않다.

김동하가 나직한 목소리로 다시 입을 열었다.

"나에겐 이런 것은 필요 없으니 그대로 돌려주지."

말을 마친 김동하가 엄지와 중지 사이에 해리 존슨이 쏜 글록의 파라블럼탄을 끼워 가볍게 튕겼다.

픽―

김동하의 손에서 튕겨진 총탄은 그야말로 섬전처럼 해리 존슨에게 날아갔다.

퍽―

"큭!"

해리 존슨은 오른쪽 가슴을 거대한 망치로 두들기는 느낌이 들어 자신도 모르게 짧게 비명을 질렀다.

당연히 죽었을 것이라고 생각한 동양인이 살아난 것도 모자라 자신이 쏜 총알을 받아내었다는 사실에 굳은 얼굴로 김동하를 바라보고 있던 그였다.

그런 그의 가슴에 엄청난 충격이 느껴졌다.

"이, 이게 무슨……."

자신의 가슴을 내려다보던 해리 존슨의 입이 쩍 벌어졌다.

그의 오른쪽 가슴에 구멍이 뚫려 있었고 그 뚫린 구멍으로 시뻘건 핏물이 솟아오르고 있었다.

뜨거운 물이 그의 가슴을 적시고 아래로 흘러내렸다.

그리고 그것은 동시에 등 뒤에도 느껴지고 있었다.

그것은 오직 하나의 이유였다.

김동하가 손가락으로 튕겨낸 총알이 그의 오른쪽 가슴을 말 그대로 그대로 관통해 버린 것을 의미했다.

"크윽."

해리 존슨은 그제야 가슴팍에서 불에 덴 듯한 화끈한 통증을 느꼈다.

한편 김동하가 일어서는 것을 보고 있던 마이클 할버레인의 비대한 얼굴이 너무나 흉악하게 일그러졌다.

"사, 살았어. 맙소사. 저 악마가 죽지 않고 살았어."

마이클 할버레인은 그야말로 정신이 달아나는 느낌이었다.

심복인 해리 존슨의 총에 쓰러지던 김동하를 보며 지옥에서 살아난 느낌이 들었던 그로서는 또다시 시작되는 악몽에 온몸에 소름이 돋아나고 있었다.

몸을 일으키는 김동하를 지켜보던 토미 버키가 눈을 껌벅였다.

"미, 믿을 수 없어. 맨손으로 해리의 총알을 받아냈다고?"

토미 버키는 동료이자 친구인 해리 존슨이 비록 자신보다 선수를 쳤지만 절대로 실수하지 않을 것이라고 생각했다.

더구나 눈앞에서 젊은 동양인 남자가 쓰러지는(?) 장면을 생생하게 목격했던 터였다.

그런데 그런 동양인 사내가 해리 존슨이 쏜 글록의 9mm 파라블럼탄을 맨손으로 받아냈다는 것에 머릿속이 하얗게 비워지는 느낌이 들었다.

살과 뼈로 이루어진 인간의 몸으로는 불가능한 일이다.

말 그대로 초인의 힘을 가진 인간이라도 엄청난 충격을 감내해야 한다.

지금까지 이 세상에 그런 초인이 있다는 말은 들은 적이 없었다.

토미 버키가 멍한 시선으로 김동하를 바라보았다.

그때였다.

마이클 할버레인이 식은땀을 흘리며 소리쳤다.

"저놈 죽여. 누구라도 좋으니까 저놈을 죽이란 말이다. 계집도 상관하지 말고 모두 죽여 버려."

김동하가 해리 존슨의 짐작과는 달리 그의 총알을 받아내고 멀쩡한 몸으로 일어서자 마이클 할버레인은 이제 온몸을 떨고 있었다.

마이클 할버레인의 말에 한쪽에서 김동하를 지켜보고 있던 뉴욕 브롱크스의 책임자 미오 파오치치가 날카롭게 소리쳤다.

"뭘 해? 보스의 명령이다. 다 쓸어버려. 벌집으로 만들어 버리란 말이다."

그의 말이 끝나기도 전에 사방에서 불꽃이 튀기 시작했다.

타타타타탕—

콰쾅—

드르르르르륵—

마이클 할버레인의 경호원들이 김동하를 표적으로 총을 난사했을 때와는 또 다른 총격이 김동하와 한서영을 향해 집중되었다.

한순간에 랏섬 농장의 앞마당이 마치 전쟁터가 된 듯 보일 정도로 난폭한 총질이었다.

김동하가 미간을 좁히며 한서영을 자신의 품으로 당겨 안았다.

동시에 전신에 가득한 무량기를 최대한으로 끌어올렸다.

무량기의 기운이 김동하와 한서영을 감싸는 순간 한서영은 따뜻하고 부드러운 기운이 자신의 몸을 어루만진다는 생각이 들었다.

마치 봄날의 아지랑이와 같은 너무나 부드럽고 포근한 기운이 김동하와 자신을 감싸면서 보이지 않는 장막 속으로 들어선 느낌까지 들었다.

김동하가 해동무벽의 분경으로 자신을 지켜줄 때와는 또 다른 느낌이었다.

"아!"

한서영의 입에서 짧은 탄성이 흘렀다.

좀 전까지 김동하가 총에 맞아서 충격을 받은 그녀의 모습은 이제 전혀 보이지 않았다.

김동하가 멀쩡한 모습으로 자신을 안아줄 때 이미 그녀는 이 세상 그 어떤 푸근함보다 더 아늑한 안도감을 느끼고 있었던 것이다.

이렇게 김동하의 품에 안겨 있다면 그 무엇도 자신을 해칠 수 없다는 것을 누구보다 잘 알고 있는 한서영이었다.

그녀의 그런 확신은 너무나 신비로운 모습으로 증명되고 있었다.

후웅—

김동하의 주변으로 마이클 할버레인의 경호원들이 김동하를 공격했을 때 보였던 예의 은빛의 장막이 다시 드러났다.

쩌저저저정—

티티티티팅—

쩌정—

사방에서 김동하와 한서영을 노리고 쏟아지던 수많은 총탄이 허공으로 튕겨져 나가고 있었다.

마치 이른 아침 랏섬 농장의 앞마당에서 매년 새해가 되면 맨해튼의 차이나타운에서 보았던 폭죽놀이를 하는 듯한 광경이었다.

단 한 발의 총탄도 은빛의 강막을 뚫지 못하고 시퍼런 불똥을 튕기며 사방으로 튀어나갔다.

피잉—

"큭."

총을 쏘던 킹덤의 부하들 중 몇이 은빛의 강막에 튕겨진 유탄에 맞은 듯 짧은 비명을 지르며 바닥으로 나뒹굴었다.

"큭."

"피해."

"이게 뭐야."

"크아아!"

은빛의 강막에 튕겨진 유탄은 총을 쏘는 킹덤의 조직원들 사이로 어지럽게 되돌아왔다.

벌써 몇 명의 사내들은 유탄에 당한 탓인지 총을 떨구고 바닥으로 주저앉았다.

마이클 할버레인도 김동하와 한서영을 감싸고 있는 은빛의 강막에 튕겨 되돌아온 총탄이 자신의 리무진의 방탄유리를 맞고 튀어나오자 몸을 움츠리며 머리를 숙였다.

그때였다.

은빛의 강막 사이에서 눈부신 백색의 빛줄기가 쭉 뻗었다.

동시에 백색의 빛줄기가 총을 쏘고 있던 킹덤의 조직원들 사이로 파고들었다.

서걱—

철컥—

서거걱—

털썩.

백색의 빛줄기가 지나가는 곳은 무엇이든 모두 잘려나가고 있었다.

"크아악 내 팔!"

"내 다리!"

"이게 뭐야. 내 손가락이 다 잘려나갔어. 크큭."

털썩.

총을 쏘던 무기와 함께 자신의 손가락이 모두 잘려나간 사내가 믿어지지 않는다는 듯이 손을 들고 눈을 치켜뜨다가 은빛의 강막에 튕겨 나온 유탄에 맞아 바닥으로 나뒹굴었다.

다른 사내들도 마찬가지였다.

손에 들린 무기가 은빛의 강막 사이에서 흘러나온 백색의 빛에 스치는 순간 마치 두부처럼 너무나 쉽게 잘려나가고 있었다.

무기만 잘리는 것이 아니라 자신들의 신체 일부 중 한곳은 반드시 잘려나갔다.

사방에서 비명소리가 들려오고 있었다.

"크아악."

"크악!"

"피해!"

"오 신이여."

"끄아아아."

백색의 빛은 그야말로 자비가 없었다.

은빛의 강막에서 흘러나온 예리한 백색의 빛줄기는 마이클 할버레인의 링컨 컨티넨털 리무진의 차체를 스쳐갔다.

로켓포가 아니라면 흠집조차 낼 수 없다고 자랑하던 마이클 할버레인의 방탄 리무진의 차체에 길게 섬뜩한 쇳소리가 들려왔다.

까드드드등—

마치 예리한 쇠톱으로 쇠를 잘라내는 듯한 소리였다.

리무진의 옆쪽에서 몸을 움츠리고 있던 마이클 할버레인은 자신의 리무진이 무언가에 의해서 충격을 받은 듯 출렁인다는 느낌을 받았다.

사방으로 쏟아지던 백색의 빛줄기가 사라진 것은 김동하와 한서영을 향해 총을 난사하던 킹덤의 조직원들이 모두 쓰러진 다음이었다.

이내 드러난 광경은 그나마 멀쩡한 킹덤의 조직원들의 심장을 덜컥 내려앉게 만들었다.

김동하와 한서영이 서 있던 자리에서 약 2m 정도 위쪽의 허공에 한서영을 안은 김동하가 하얀 쇠막대를 들고 떠 있는 모습이 드러난 것이다.

김동하의 품에 안긴 한서영의 긴 머리칼이 부드러운 바람에 살랑거리며 흩날리는 모습은 킹덤의 조직원들의 눈에는 너무나 신비롭게 보였다.

백색의 빛줄기로 인해 혼비백산한 킹덤의 조직원들이 하얗게 질린 얼굴로 입을 벌렸다.

"귀, 귀신이야."

"오 마이 갓."

"괴물이야."

김동하와 한서영의 모습을 발견한 킹덤의 조직원들은 자신들이 지금 보고 있는 장면이 현실이 아닌 꿈속에서 본 장면처럼 생각됐다.

가끔 뉴욕의 극장가에서 상영하던 차이나풍의 판타지 무협영화를 보는 장면 같은 허황하고 실소를 자아내는 장면이 지금 바로 눈앞에서 실제로 펼쳐지고 있었다.

그에 온몸에서 소름이 돋아날 정도로 놀라고 있었다.

마이클 할버레인이 주변을 두리번거렸다.

이를 악문 마이클 할버레인의 그 비대한 얼굴이 악귀처럼 일그러져 있었다.

"퍼큐, 퍼큐……."

습관처럼 욕설을 내뱉는 마이클 할버레인의 두 눈에 핏발이 서 있었다.

곤한 단잠을 깨우고 자신을 이곳으로 불러들인 클린트 루먼이 너무나 원망스럽고 밉다는 생각이 들었다.

핏발 선 그의 두 눈이 번들거렸다.

리무진 뒤에서 몸을 숙인 그의 머리가 쉴 새 없이 좌우로 흔들리고 있었다.

자신이 불러들인 심복들을 찾기 위해서였다.

이곳을 벗어나기 위해서는 리무진을 대신 운전해줄 부하

256

가 필요했다.

운전을 하지 못하는 마이클 할버레인이었다.

운전면허는 있지만 지금까지 살아오면서 단 한 번도 자신의 손으로 운전을 해본 기억이 없었다.

그런 자신이 지금처럼 원망스럽게 느껴진 적이 없을 정도였다.

이를 악문 그의 두 눈에 한쪽에 쓰러져 이마에서 피를 흘리고 있는 자신의 심복 미오 파오치치가 들어왔다.

"파오치치."

그가 날카롭게 소리쳤다.

김동하와 한서영의 몸을 가리고 있던 은빛의 강막을 맞고 튀어나온 유탄에 머리를 스친 미오 파오치치가 머리를 돌려 마이클 할버레인을 바라보았다.

"보, 보스. 저자가 도대체 누굽니까?"

미오 파오치치는 총으로도 해칠 수 없는 김동하와 한서영을 보면서 심장이 튀어나올 정도로 놀라고 있었다.

마이클 할버레인이 이를 악물었다.

"그건 좀 이따가 설명해 줄 테니 지금 움직일 수 있나?"

마이클 할버레인의 말에 미오 파오치치가 몸을 버둥거리며 엎드렸다.

"머리에 총알이 스치긴 했지만 움직일 수는 있을 것 같습니다 보스."

"그럼 이리 와서 내 차를 운전해. 당장 이곳을 벗어나야 할 것 같다. 저 악마같은 놈과 멀리 떨어져야 해.”

말을 하는 마이클 할버레인의 얼굴은 온통 땀으로 범벅이 되어 있었다.

마이클 할버레인이 이곳을 벗어나야 한다는 말에 미오 파오치치가 주변을 두리번거렸다.

그의 눈에 비친 것은 팔다리가 잘리거나 유탄에 격중되어 피를 흘리고 있는 부하들뿐이었다.

“제길…….”

자신을 보호해줄 부하 중 멀쩡한 놈이 한 놈도 없다는 것이 확인되자 자신도 모르게 얼굴이 일그러지는 미오 파오치치였다.

그가 이마에 피를 흘리면서 리무진의 옆쪽에 몸을 숙이고 있는 마이클 할버레인을 향해 몸을 질질 끌고 기어갔다.

그 역시 이곳을 벗어나야 한다는 생각이었기에 보스와 함께 리무진을 타고 떠날 생각이었다.

이곳만 벗어날 수 있다면 킹덤의 전 조직원들을 동원해 복수를 할 수 있는 기회가 생길 것이라고 생각했다.

총알을 튕겨내는 인간이라면 보통의 총이 아닌 로켓포나 바렛과 같은 대물용 총으로 대응할 생각이었다.

아무리 특별한 힘을 가진 자라고 해도 첨단무기를 동원하면 해칠 수 있을 것은 분명했다.

미오 파오치치가 자신의 리무진 쪽으로 다가오자 마이클

할버레인이 몸을 움츠리며 리무진의 뒷좌석으로 움직였다.

딸칵—

리무진의 손잡이를 잡고 당기자 문이 열렸다.

열린 문의 안쪽으로 하얗게 질린 두 여자가 마이클 할버레인을 바라보고 있었다.

땀과 눈물로 범벅이 되어 버린 얼굴의 두 여자였다.

밤새 마이클 할버레인의 비계덩이와 같은 몸에 눌려서 고통 받았던 두 여인이 이번에는 생과 사의 경계에 놓이자 혼이 빠진 듯한 모습이었다.

마이클 할버레인이 리무진의 뒷좌석으로 엉금 기어서 올랐다.

이내 리무진의 안쪽으로 들어온 마이클 할버레인이 이를 악물고 리무진의 잠금 버튼을 눌렀다.

반쯤 몸을 일으키는 그의 눈에 리무진의 보닛이 길게 갈라진 것이 보였다.

"저, 저게……."

웬만한 총탄으로는 리무진의 방탄장갑을 뚫을 수도 없다.

그런데 지금의 리무진은 말 그대로 사람의 살이 갈라지듯 보닛 쪽이 길게 갈라져 있었다.

"저게 뭐야?"

마이클 할버레인이 놀란 얼굴로 물었다.

여자 한 명이 대답했다.

"아까 하얀 빛이 저기에 닿자 저렇게 되었어요."

"뭐?"

마이클 할버레인의 입이 쩍 벌어졌다.

총탄으로도 흠이 나지 않을 정도의 방탄 장갑이 은빛의 광막 속에서 솟아난 백색광채에 갈라졌다는 말이다.

마이클 할버레인은 여자들의 대답에 등골이 오싹해졌다.

그때 리무진의 조수석 문이 열리면서 이마에 피를 흘리는 미오 피오치치가 차에 올라탔다.

뒷좌석과는 달리 리무진의 운전석과 조수석의 문은 안전 버튼을 누르지 않아 쉽게 문이 열렸다.

미오 파오치치가 조수석에서 운전석으로 넘어갔다.

얼굴이 피와 땀으로 범벅이 된 미오 파오치치의 얼굴은 마치 킹덤의 초창기 시절 타 지역의 갱 조직과 전쟁을 벌이던 모습과 닮아 있었다.

그때에는 하루에도 수십 명의 조직원들이 죽거나 부상을 입었을 정도로 매일매일이 전쟁과 같은 상황이었다.

미오 파오치치가 운전석으로 넘어가서 리무진을 운전하려다 멈칫했다.

당연히 키박스에 꽂혀 있어야 할 리무진의 키가 보이지 않았기 때문이었다.

보스의 리무진을 운전하는 부하가 멍청하게 리무진의 키

를 뽑아서 가지고 내린 모양이었다.

"퍼큐."

타악—

미오 파오치치가 운전석을 손으로 두들겼다.

이를 악문 그가 리무진의 선바이저를 내리자 거울만 보일 뿐 리무진의 키는 보이지 않았다.

미오 파오치치가 머리를 돌려 마이클 할버레인을 바라보았다.

"보스, 차의 키가 없습니다."

"뭐?"

마이클 할버레인의 입이 벌어졌다.

자신은 자신의 리무진을 타고 다니기만 했을 뿐 키의 소재나 차의 정비 따위는 전혀 신경 쓰지 않았다.

행여 차에 이상이 있을 경우 정비나 운전을 담당하는 부하를 처리하면 그뿐이다.

마이클 할버레인의 성격을 잘 알고 있는 부하들은 절대로 차에 이상이 생기도록 방치하지 않았다.

"빌어먹을……."

리무진의 키는 전혀 생각지도 못한 의외의 상황이었기에 마이클 할버레인의 입에서 자신도 모르게 한숨이 흘러나왔다.

이를 악문 마이클 할버레인이 머리를 돌리는 순간, 차창 밖으로 두 팔이 잘린 심복 토미 버키의 모습과 오른쪽 다리가 보이지 않는 라울 서들튼 그리고 배에서 피를 흘리고 있는 루카스 번즈의 모습이 들어왔다.

　모두가 킹덤의 주요 보스들로서 그들의 손에 의해서 킹덤이 꾸려져 간다.

　그럼에도 마이클 할버레인은 자신의 심복들을 가차 없이 내버렸다.

　"차 문을 잠가 미오, 저놈이 차에 들어오지 못하게 해야 해."

　"알겠습니다."

　"그리고 부하들에게 연락해서 전부 이곳 랏섬으로 집결하라고 해. 이곳에서 부하들이 오기까지 버티면 될 거야."

　"예."

　"무기란 무기는 다 챙겨서 오라고 하고."

　"예."

　머리에서 피를 흘리던 미오 파오치치가 리무진의 자동 락버튼을 눌렀다.

　하지만 뒷좌석과는 달리 운전석의 자동 락버튼은 동작이 되지 않았다.

　운전석의 키가 삽입되어 있어야 운전석에서 조작하는 자동 락버튼의 기능이 동작한다는 것을 그제야 눈치챈 미오 파오치치였다.

　"끙."

　이마를 좁힌 미오 파오치치가 어쩔 수 없이 수동으로 운

전석의 문을 잠가야 했다.

창문의 위쪽으로 솟아올라 있는 버튼을 강제로 눌렀다.

철컥—

묵직한 소리와 함께 운전석의 잠금장치가 내려갔다.

이내 반대쪽으로 몸을 움직여 조수석의 문까지 강제로 잠금장치를 눌러야 했다.

두 개의 문을 잠그고 숨을 고르며 시선을 돌리는 순간 천천히 바닥으로 내려앉고 있는 김동하와 한서영의 얼굴이 보였다.

리무진과 불과 3—4m 정도 떨어진 가까운 거리였다.

일순 미오 파오치치의 얼굴이 하얗게 변했다.

바닥으로 내려서는 김동하의 시선과 자신의 시선이 정면으로 마주친 것이다.

김동하의 눈빛은 말 그대로 천신의 눈빛처럼 서늘한 한기로 가득 차 있었기에 마치 김동하의 눈빛이 자신의 목을 조르는 듯한 느낌이 들었다.

이를 악문 미오 파오치치가 자신의 호주머니에서 급하게 전화기를 꺼내어 들었다.

부하들에게 연락을 해야 한다는 생각이 들었기 때문이었다.

보스의 차는 방탄차라는 것을 너무나 잘 알고 있는 미오 파오치치였다.

김동하가 이 차의 문을 열지 못하게 만든 지금 부하들에게 연락할 참이었다.

부하들이 이곳에 도착하기 위해서는 적어도 두어 시간의 여유시간이 있어야 하지만 리무진의 방탄장치라면 그때까지는 버틸 수 있을 것이란 생각이 들었다.

아직 저 괴물같은 동양인 사내는 이 차에 키가 없다는 것을 모르고 있었기에 이 차안에서 버티기만 하면 될 것이었다.

삐비비빅—

미오 파오치치의 손가락이 마치 학질이라도 걸린 듯 떨리고 있었다.

피에 젖은 그의 손가락이 몇 개의 버튼을 잘못 눌러 다시 눌러야 했다.

그때였다.

똑똑.

전화기의 버튼을 누르고 있는 미오 파오치치가 앉은 운전석의 유리창에서 무언가 두들기는 소리가 들렸다.

머리를 돌리자 물끄러미 자신을 바라보고 있는 김동하의 얼굴이 보였다.

미오 파오치치의 얼굴이 하얗게 질려갔다.

그때 뒤에서 마이클 할버레인이 소리치는 소리가 들렸다.

"절대로 열지 마. 미오, 저놈은 악마야. 사람이 아니란 말이다."

264

보스 마이클 할버레인이 말하지 않더라도 미오 파오치치는 자신의 손으로 문을 열 생각은 전혀 없었다.

그때 미오 파오치치의 눈에 김동하가 손을 아래로 내리는 모습이 보였다.

창문을 내리라는 동작이었다.

미오 파오치치가 머리를 흔들었다.

"싫다. 이 악마같은 원숭이 새끼야. 부하들이 오면 넌 몸뚱이가 쇳덩이라고 해도 절대 살아남지 못할 거야. 아예 녹여버릴 테니까. 으득."

이를 갈 듯이 김동하를 노려보며 소리치는 미오 파오치치였다.

차 안에서 하는 말을 밖에 서 있는 김동하가 들을 수는 없지만 미오 파오치치는 몸서리치는 공포에 고함을 지르고 있었다.

그의 눈에 랏섬의 농막으로 서둘러 돌아가는 한서영의 뒷모습이 보였다.

한서영으로서는 사방에 잘린 손발이 흩어진 이 자리에 서 있는 것만으로도 고역일 것이기에 김동하가 농막으로 돌려보낸 것이다.

다시 전화를 걸기 위해서 전화기로 시선을 돌리는 순간 운전석의 창문에 무언가 닿는 느낌이 들었다.

미오 파오치치가 얼굴을 굳히며 시선을 돌렸다.

그의 눈에 운전석의 창문에 김동하가 손바닥을 가만히

대는 모습이 들어왔다.

미오 파오치치가 이를 갈았다.

"멍청아. 이 방탄차의 유리 두께만 5인치가 넘어. 맨손으로 깰 수 있을 것 같으냐? 뭘 하려는지 모르지만 도리어 네 손이 부서지게 될 거야."

미오 파오치치는 보스인 마이클 할버레인이 자신의 신변 안전을 위해서 최고급 방탄장갑을 차에 설치했다는 것을 알고 있었다.

그 때문에 사람의 힘으로는 절대로 이 차의 장갑을 깨트리지 못한다는 것을 알고 있었다.

뒷좌석의 마이클 할버레인도 어금니를 깨물었다.

"악마같은 놈, 네놈이 인간의 상상을 초월할 정도의 힘을 가지고 있다고 해도 내 허락 없이는 이 차를 열 수는 없을 거다. 부디 내 부하들이 올 때까지 가지 말고 이곳에서 버텨 보거라."

이를 악문 마이클 할버레인의 비대한 얼굴이 푸들거리고 있었다.

지금까지 살아오면서 난생 처음으로 느끼는 너무나 극심한 공포였다.

지금까지 마이클 할버레인이라는 이름은 타인에게 공포의 대상이었지, 지금처럼 본인이 누군가에게 공포심을 느낀 적은 처음이었다.

그 충격은 마이클 할버레인에게는 그야말로 소름이 끼칠

266

정도로 극악한 악몽을 심겨주었다.

그때였다.

쩌저저저저적—

마이클 할버레인의 리무진 운전석의 유리가 마치 무언가에 갈라지는 듯한 소리가 들렸다.

"이, 이게 무슨……."

한겨울에 꽁꽁 얼어붙은 캔스코 호수의 얼음이 갈라지는 듯한 소리였다.

머리를 돌리는 미오 파오치치의 눈에 가만히 운전석의 창문에 손을 올리고 있는 김동하의 얼굴이 들어왔다.

김동하의 얼굴은 무척이나 차가웠다.

미오 파오치치의 귀로 차가운 목소리가 들렸다.

"이 쇠뭉치의 안에 머문다고 안전할 것 같나?"

목소리는 몹시도 선명했다.

미오 파오치치의 입이 벌어졌다.

보스의 방탄차는 방탄 성능만큼 방음성능도 좋았다.

외부에서 총을 쏜다고 해도 총소리조차 들리지 않을 정도로 완벽한 방음성능을 가지고 있었다.

하지만 지금 밖에 서 있는 김동하의 목소리가 너무나 선명하게 들려오고 있었다.

"이, 이게……."

미오 파오치치는 자신도 모르게 등에 소름이 돋고 있었다.

리무진의 뒷좌석에서 몸을 웅크리고 있던 마이클 할버레인 역시 하얗게 질린 얼굴로 김동하의 말을 듣고 있었다.

운전석의 창문에 손을 대고 있는 김동하의 표정은 전혀 변화가 없었다.

그때였다.

쩌저저저저적—

또다시 얼음이 갈라지는 듯한 소리가 들리면서 이내 김동하의 손이 닿는 리무진의 운전석 창문이 하얗게 변하고 있었다.

순간 날카로운 소음이 흘렀다.

쩌어억—

김동하의 손이 닿은 운전석 창문의 유리 한가운데에서 실금처럼 작은 선들이 사방으로 흩어졌다.

정확히 김동하의 손이 닿은 부분부터 시작된 실금이었다.

실금은 마치 거미가 줄을 치듯 사방으로 번져나갔다.

쩌저저저저적—

또다시 얼음이 갈라지는 듯한 소리와 함께 운전석의 창문이 마치 하얀 서리에 덮인 것 같은 무늬가 만들어지고 있었다.

"마, 말도 안 돼."

한 아름 두께의 통나무를 뚫을 정도로 강력한 위력을 지닌 저격용 총으로도 뚫을 수 없는 리무진의 방탄유리였다.

그런 리무진의 방탄유리가 가만히 손을 대는 것만으로 부서져 나가는 모습은 심장이 입 밖으로 튀어나올 정도로 무섭고 두려웠다.

　이내 하얗게 변한 리무진의 방탄유리가 마치 폭죽이 터지듯 굉음과 함께 운전석의 안쪽으로 터져 들어갔다.

　콰쾅―

　안쪽으로 터져 들어간 유리는 삽시간에 손톱 크기의 작은 유리파편으로 변하며 멍한 얼굴로 운전석에 앉아 있던 미오 파오치치의 얼굴을 향해 쏟아졌다.

　콰드드득―

　피피핏―

　삽시간에 안쪽으로 튕겨져 들어간 유리파편은 운전석에 앉아 있던 미오 파오치치의 얼굴과 목 그리고 반대편의 조수석의 시트에 박혀들었다.

　"크아아악."

　미오 파오치치가 자신의 두 눈에 박혀든 유리파편에 두 손으로 얼굴을 가리며 비명을 질렀다.

　뒷좌석에 앉아 있던 마이클 할버레인의 몸이 부들부들 떨리고 있었다.

　리무진의 창문을 깨트린 김동하가 운전석의 밖에서 운전석에 앉아 몸부림 치고 있는 미오 파오치치치의 모습을 물끄러미 바라보았다.

　"뒤에 앉은 살찐 돼지같은 저자보다 나은 게 없으니 그대

역시 천명을 가질 자격이 없다. 두 눈까지 잃었으니 모든 게 그대의 죗값이라고 생각하며 남은 생을 속죄하며 살다가거라."

참으로 얼음장처럼 차가운 말이었다.

"크아악 내 눈… 어허허허."

미오 파오치치가 몸부림을 치고 있었다.

한순간에 두 눈에 파고든 유리조각은 그에게 상상도 하지 못할 고통을 안겨주었다.

그 모습을 내려다보던 김동하가 가만히 손을 뻗었다.

쿡―

순간 죽을 것 같은 통증에 몸을 비틀며 비명을 지르던 미오 파오치치의 비명이 사라졌다.

동시에 그의 몸이 축 늘어졌다.

운전석에서 늘어진 미오 파오치치의 옷깃을 움켜쥔 김동하가 가만히 앞으로 당겼다.

부서진 운전석의 창문 사이로 미오 파오치치의 몸이 마치 헝겊조각처럼 끌려나왔다.

얼굴이 유리파편에 맞아 피범벅이 되어버린 탓에 운전석의 창으로 끌려나온 미오 파오치치의 몸에서 흘러나온 피가 리무진의 운전석 바깥쪽으로 길게 흘러내리고 있었다.

김동하에게 당한 뒤 고통에 비명을 지르고 있던 킹덤의 조직원들의 얼굴이 하얗게 질렸다.

몸의 통증보다 방탄 리무진에서 끌려나오는 미오 파오치

치의 모습이 너무나 두렵게 느껴졌기 때문이다.

미오 파오치치를 밖으로 끄집어낸 김동하가 리무진의 안쪽으로 머리를 넣지 않고 입을 열었다.

"나오는 게 좋겠지? 살찐 양반. 이름이 마이클 할버레인이라고 했던가?"

클린트 루먼으로부터 마이클 할버레인이라는 이름을 들어서 알고 있었지만 김동하는 곱게 마이클 할버레인의 이름을 불러줄 생각이 없었다.

마이클 할버레인의 몸이 부들부들 떨리고 있었다.

로켓포의 포탄 정도의 위력을 가져야만 리무진의 방탄장갑을 깨트릴 수 있다고 들었다.

그런 자신의 리무진이 고작 인간의 손 하나를 이기지 못한다는 것에 절망하고 있었다.

그때 마이클 할버레인의 앞쪽에 앉아서 몸을 떨고 있던 두 명의 여인이 눈물을 흘리며 입을 열었다.

"흐흑 살려주세요."

"제발 저희는 죽이지 말아 주세요. 시키는 것은 뭐든지 할게요."

두 여인은 맨해튼에 위치한 모델 에이전시에 소속된 전문 모델들이었다.

그녀들은 우연히 뉴욕의 밤의 지배자인 마이클 할버레인의 눈에 띄어 짐승같은 마이클 할버레인의 육욕의 도구가 되었다.

때문에 이렇게 죽는 것은 너무나 슬프고 잔인하다고 할 수 있었다.

김동하가 담담하게 입을 열었다.

"두 분을 해칠 생각은 없습니다. 강제로 저자에게 당한 것을 알고 있으니 나오시면 될 겁니다."

김동하의 말이 끝나는 순간 두 여인의 입에서 울음 섞인 탄성이 흘러나왔다.

"아, 고마워요 흐흑."

"살려주셔서 정말 고맙습니다. 흐흑."

두 여인은 눈물을 흘리며 마이클 할버레인이 잠가놓았던 리무진의 뒷좌석 잠금 버튼을 해제하고 문을 열었다.

철커덕.

문이 열리자 두 여인은 마치 지옥에서 벗어나려는 듯 허겁지겁 차에서 내려서 리무진과 떨어지고 있었다.

그녀들이 향하는 방향은 우연히도 한서영이 몸을 피한 랏섬의 농막이 있는 위치였다.

한서영은 리무진에서 달려 나온 두 여자가 자신을 향해서 급하게 다가오는 것을 지켜보고 있었다.

이내 그녀들이 가까이 오자 한서영이 직접 움직여 그녀들을 안전한 곳으로 안내했다.

한편 믿었던 심복 미오 파오치치가 김동하에게 당하는 장면을 본 마이클 할버레인은 두 여자가 자신이 잠가놓은 잠금장치를 푸는 것을 막지도 못할 정도로 몸이 굳어 있었다.

뒷좌석이 열려진 리무진의 뒤쪽으로 걸음을 옮긴 김동하가 몸을 숙이지도 않고 나직하게 입을 열었다.

"이제 그만 나오는 게 어때?"

　차가운 목소리였다.

　덜덜덜.

　마이클 할버레인이 차에 진동이 느껴질 정도로 몸을 떨고 있었다.

　그런 그의 귀에 다시 김동하의 목소리가 들렸다.

"그냥 나오면 온전하게 나올 수 있겠지만 내가 강제로 끄집어내야 한다면 꽤 고통스러울 거야. 당신이 감당할지 모르겠군."

　얼음장처럼 차가운 김동하의 말에 결국 마이클 할버레인이 참지 못하고 바지에 오줌을 지렸다.

　눈앞에서 배신자를 믹서로 갈아버리고도 눈 하나 깜박하지 않을 정도로 냉혹하고 비정한 마이클 할버레인이었지만 정작 자신이 그런 상황에 처하자 어린아이처럼 겁을 먹은 것이다.

　리무진의 뒷좌석에서 오줌까지 지리며 몸을 떨기만 할 뿐 나오지 않는 마이클 할버레인을 기다리는 것은 김동하로서는 마땅치 않은 일이었다.

　결국 이마를 찌푸린 김동하가 몸을 숙여 뒷좌석에 앉아 있는 마이클 할버레인을 바라보았다.

"나오지 않을 것인가? 마이클 할버레인."

몸을 숙인 김동하와 시선이 마주친 마이클 할버레인이
몸을 비틀었다.

"사, 살려주시오. 미스터……."

마이클 할버레인은 지금의 상황이 꿈이었으면 좋겠다는
생각에 몇 번이나 눈을 감았다가 떴다.

땀으로 범벅이 된 그의 비대한 얼굴은 이제 검은 피부와
는 달리 하얗게 질려 있었다.

김동하가 나직하게 말했다.

"그곳에 앉아서 살려달라고 비는 것은 킹덤이라는 곳의
수장인 그대답지 않군 그래."

김동하의 말에 몸을 떨던 마이클 할버레인이 엉금엉금
기어서 두 여인이 달아나면서 열어놓은 리무진의 뒷문으
로 기어 나왔다.

그 모습을 김동하가 물끄러미 바라보고 있었다.

이내 마이클 할버레인이 리무진의 밖으로 완전히 빠져나
왔다.

서 있을 힘도 없는 것인지 리무진의 뒷문 쪽에 서 있는 김
동하의 앞에 마치 엎드린 것 같은 모습이었다.

그 모습을 바라보고 있는 살아남은 킹덤의 조직원들의
얼굴이 하얗게 질렸다.

지금까지 킹덤이라는 이름만으로 여타 다른 조직원들에
게는 공포의 대상이었던 자신들이었다.

하지만 지금은 보스인 마이클 할버레인의 말대로 악마와

같은 능력을 지닌 한 동양인 남자에게 보스가 굴욕적인 모습으로 엎드렸다.

그 사실이 믿어지지 않았다.

그때였다.

한서영이 급하게 김동하가 있는 곳으로 달려왔다.

"동하야."

머리를 돌린 김동하의 미간이 좁혀져 있었다.

"무슨 일이 있습니까?"

한서영이 급하게 입을 열었다.

"클린트씨가 위독해. 게릿 주피거라는 사람도 마찬가지고."

한서영을 지키라는 지시를 받았던 게릿 주피거와 클린트 루먼이 마이클 할버레인의 경호원들이 쏜 총에 격중되어 심각한 상태에 놓여 있었다.

그러던 중 클린트 루먼이 견디지 못하고 위험한 상황에 빠진 모양이었다.

김동하가 잠시 눈을 깜박이다가 자신의 발아래 엎드려 있는 마이클 할버레인을 내려다보았다.

"당신에 대한 단죄는 조금 미뤄야 할 것 같군. 클린트라는 자가 살아서 당신이 지은 죄를 증명해야 할 것 같으니 말이야."

김동하의 말에 엎드려 있던 마이클 할버레인의 핏발선 눈이 질끈 감겼다.

하지만 이내 눈을 뜬 그가 몸을 떨었다.

"사, 살려만 주시오. 살려 주시면 모든 것을 내놓겠소."

마이클 할버레인은 할 수만 있다면 김동하의 발이라도 핥아서 자신의 목숨만은 구하고 싶었다.

김동하가 피식 웃었다.

"당신은 살려달라고 애원하던 사람들을 살려준 적이 있었나?"

"크허허허."

마이클 할버레인이 절망적인 김동하의 말에 견디지 못하고 비통한 울음을 터트렸다.

김동하가 주변에 늘어진 마이클 할버레인의 부하들인 킹덤의 조직원들을 훑어보며 입을 열었다.

"당신들이 다시 반격해도 상관없어. 나의 눈을 속이고 도망을 간다고 해도 말리지 않을 거야. 하지만 그럴 생각을 가졌다면 나의 이것도 피할 수 있을 것인지 잘 생각하고 결정해야 할 거야."

말을 마친 김동하가 랏섬의 마당 한쪽에 주차되어 있던 수십 대의 차량을 향해 손에 들린 화목용 불쏘시개를 가볍게 휘둘렀다.

순간 좀 전의 은빛의 광막 속에서 흘러나왔던 백색의 빛이 화목용 불쏘시개에서 피어오르며 그대로 수십 대의 차량을 휩쓸었다.

스가가가가—

쩌어어어어엉—

투투투퉁.

콰지지지직—

주차장에 주차되어 있던 수십 대의 킹덤조직원들의 차량이 마치 썩은 밀 짚단이 잘려나가듯 그대로 잘려나가며 바닥으로 주저앉고 있었다.

"컥."

"허헉."

킹덤의 사내들은 자신들의 눈을 믿을 수가 없었다.

또한 아까 은빛의 광막 속에서 피어올랐던 백색의 광채가 김동하의 손에 들린 허접해(?) 보이는 쇠꼬챙이와 같은 검에서 피어난 것이라는 것을 그제야 알게 되었다.

김동하가 무심한 눈으로 나직하게 입을 열었다.

"당신들이 무슨 생각을 하든지 어떤 행동을 하든 상관하지 않겠지만 그 대가는 반드시 치러야 한다는 것을 명심해. 그리고……."

말을 마친 김동하가 자신의 발 앞에 엎드린 마이클 할버레인을 내려다보며 입을 열었다.

"당신은 당신의 손에 죽어간 타인의 눈물과 피로 가득한 생명을 온전히 보존할 욕심을 품었다면 이 자리에서 단 한 발짝만 움직여 봐. 아마 그 대가는 당신이 생각한 그 어떤 대가보다 가혹하다는 것을 알게 될 거야."

말을 마친 김동하가 몸을 돌리며 입을 열었다.

"누구든 이자를 돕는다면 그자 역시 이자와 같은 방법으로 처리할 것이다."

너무나 매섭고 차가운 김동하의 말에 킹덤의 조직원들이 몸을 부르르 떨었다.

이내 경고를 마친 김동하가 한서영과 함께 클린트 루먼과 게릿 주피거가 있는 농막의 난간으로 걸음을 옮겼다.

누구도 김동하를 막아서지 못했다.

그들의 눈에 비친 김동하는 초인의 힘을 가진 신이며 악마였기 때문이었다.

한서영과 함께 농막의 난간으로 돌아온 김동하의 눈에 입가에 피거품을 흘리며 가늘게 숨을 쉬고 있는 클린트 루먼과 역시 하얗게 질린 얼굴로 가쁜 숨을 쉬고 있는 게릿 주피거가 누워있는 모습이 보였다.

특히 클린트 루먼의 입에서 피거품과 함께 가래가 끓는 소리가 희미하게 들려왔다.

김동하가 잠시 그를 내려다보았다.

레이얼가의 저택에 침범해서 토마스 레이얼 회장의 가족을 죽이고 자신과 한서영까지 납치하려 했던 자들의 우두머리가 클린트 루먼이었다.

여기에 있는 킹덤의 조직원들과 다를 바 없는 자들이었지만 김동하의 무량기에 감지된 클린트 루먼은 갱 조직의 보스로서는 정대함을 갖추고 있었다.

즉 상대와 대적할 때에도 정면으로 일대일을 추구하는

성격이었고 무고한 사람들을 처형하는 것은 꺼려하는 성품이 느껴졌다.

그 때문에 클린트 루먼에게 가혹하게 굴지 않았던 김동하였다.

그렇다고 해도 그를 온전하게 내 버려둘 생각은 아니었지만 이런 식으로 마이클 할버레인의 지시로 조직에 처형을 당한 상황은 조금 신경이 쓰였다.

"많이 아픈가?"

김동하가 피거품을 흘리며 가쁘게 숨을 쉬는 클린트 루먼을 보며 물었다.

클린트 루먼이 흐려져 가는 자신의 눈에 힘을 실어 초점을 맞추고 김동하를 올려다보았다.

그의 눈에 가만히 자신을 내려다보는 김동하의 모습이 들어왔다.

클린트 루먼이 피거품이 흘러내리는 그의 입가에 미소를 머금었다.

"쿨럭. 아닙니다… 언젠가 이렇게… 죽게 될 것이라곤 생각했으니 억울할 것도 없습니다. 지은 죄가 있으니 그 대가를 받아야 정상이지요. 하지만… 쿨럭."

말을 하던 클린트 루먼이 다시 기침을 하자 한 움큼의 피거품이 그의 입에서 튀어 올랐다.

잠시 숨을 고르던 클린트 루먼이 김동하를 바라보며 입을 열었다.

"믿을지 모르지만 난 내 손에 킹덤이 들어오면… 조직을 재편해서 마약이나 매춘 따위는 없애고 싶었습니다. 그리고 마이클 할버레인의 영향력을 킹덤에서 완전히 지우려고 했지요… 허허 이젠 소용없는 일이지만 나름 킹덤의 조직을 새롭게 바꿀 생각이었습니다. 그 때문에 라스베가스에 카지노까지 인수할 생각을 품었는데… 이젠 그럴 필요가 없게 되었습니다. 다만 죽기 전에 이렇게 당신과 같은 분을 만나서 새로운 세상을 보았으니 그것으로 충분합니다."

숨을 헐떡이며 말을 하는 클린트 루먼의 얼굴에 검은 그림자가 덮이고 있었다.

죽음의 기운이 가까워진 것이다.

김동하의 표정이 굳어지고 있었다.

잠시 클린트 루먼의 얼굴을 바라보던 김동하가 고개를 돌려 역시 입으로 피를 흘리며 가쁘게 숨을 쉬고 있는 게릿 주피거를 바라보았다.

"힘든가?"

김동하의 말에 이미 김동하가 도착했다는 것을 느끼고 김동하를 바라보고 있던 게릿 주피거가 웃었다.

"아닙니다… 헉헉… 견딜 만합니다."

"아픈데도 웃는군?"

김동하는 입가에서 피를 흘리며 자신을 바라보고 웃는 게릿 주피거의 모습을 보며 사뭇 찌르르한 느낌이 들었다.

게릿 주피거가 빙긋 웃으며 입을 열었다.

"그 돼지는 잡았습니까?"

"돼지?"

"마이클 할버레인 말입니다."

"그대는 자신이 속한 조직의 수장을 그런 식으로 말하나?"

김동하의 미간이 좁혀졌다.

게릿 주피거의 말 속에서 마이클 할버레인에 대한 원망과 미움 그리고 영문을 알지 못하는 노기를 느꼈다.

게릿 주피거가 가쁜 숨을 내쉬면서 입을 열었다.

"그놈이… 제 동생을 죽였지요. 제 동생도 킹덤의 조직원이었습니다. 그런데 어느 날 마약판매대금이 모자란다고 해서 제 동생을 제가 보는 눈앞에서 총으로 쏴 죽였습니다. 그날이 동생의 생일이었는데… 그날 제가 수금한 마약대금 중 100불을 빼서 생일선물로 동생에게 옷을 사준 것이 전부였는데… 그놈이 새 옷을 입은 동생이 마약대금을 가로채 산 것이라고 오해해서 설명할 시간도 없이 그자리에서 총으로 쏴 죽였지요."

과거의 일을 말하는 게릿 주피거의 눈에 복잡한 감정들이 들어찼다.

"동생은 저 때문에 그 돼지새끼에게 죽은 것이니 언젠가는 제 손으로 돼지새끼를 죽일 생각을 품고 있었습니다. 그런데 이렇게 제가 먼저 죽게 될 것이라곤 생각하지 못했

습니다. 하하… 쿨럭. 하지만 이렇게 저 대신 돼지새끼를
처단해 주신 분이 계셔서 다행이라고 생각합니다."

말을 하는 게릿 주피거를 바라보던 김동하의 눈빛이 깊
어졌다.

어쩔 수 없이 킹덤이라는 갱단에 몸을 담게 되었지만 킹
덤의 조직원 중에서 게릿 주피거처럼 말로는 털어놓을 수
없는 비밀을 가진 사람들도 있을 것이라는 생각이 들었다.

김동하가 물었다.

"죽는 게 억울한가?"

게릿 주피거가 대답했다.

"억울한 것은 없습니다. 어차피 이런 일을 하게 되면 늘
죽음과 맞닿아 있는 일이니… 언젠가는 죽을 수 있을 거라
고 생각하고 있었으니 말입니다. 하지만 이런 식으로 죽기
보단 동생을 죽인 그 돼지 놈의 얼굴에 침이라도 뱉어놓고
죽고 싶었는데 그게 조금 아쉽지요."

게릿 주피거의 말에 잠시 눈을 감았던 김동하가 눈을 떴
다.

"두 사람에게 다시 생명을 돌려주는 대신 조건이 있어.
들어줄 텐가?"

김동하의 말에 피거품을 흘리던 클린트 루먼과 게릿 주
피거가 흐려져 가는 눈의 초점을 김동하에게 맞추었다.

김동하가 입을 열었다.

"다시 살게 된다면 전혀 새로운 인생을 살아야 할 것인데

감수할 수 있겠나?"

"……."

"……."

클린트 루먼과 게릿 주피거는 김동하가 다시 살려준다는 말이 이해가 되지 않았다.

그때 한서영이 끼어들었다.

"허락하세요. 내 남편이 당신들의 생명을 다시 돌려줄 수 있을 거예요. 다시 살게 된다는 말이에요."

클린트 루먼이 힘겹게 입을 열었다.

"그게… 가능합니까? 쿨럭, 하긴 다시 살아난다면 지금과는 다른 인생을 살고 싶긴 합니다만 허허… 전 이미 틀린 것을 알지 않습니까?"

힘겹게 말을 하는 클린트 루먼의 입가에 허무한 미소가 떠올라 있었다.

그로서는 자신이 다시 살게 된다는 것을 절대로 믿을 수가 없었다.

평생을 총질로 살아온 그였다.

그런 그가 자신의 몸에 격중된 총상의 결과를 예측하지 못할 리는 없었다.

게릿 주피거 역시 웃으면서 입을 열었다.

"만약 다시 살게 된다면 꼭 그쪽과 같은 분을 보스로 모시고 싶다고 생각했었지요. 보스의 손에 들린 그 쇠꼬챙이가 신의 검인 엑스칼리버처럼 느껴질 정도였으니까요 그 때문에 제 손으로 그 쇠꼬챙이를 챙긴 겁니다."

게릿 주피거가 자신이 김동하의 화목용 쇠꼬챙이를 챙기게 된 이유를 이제야 털어놓았다.

김동하가 머리를 끄덕였다.

"좋아. 두 사람에게 다시 생명을 돌려주지. 하지만 그 대가로 나와의 약속을 어기는 일은 없어야 할 거야."

말을 마친 김동하가 두 손을 입으로 가져갔다.

이내 그의 손에 너무나 신비로운 푸른빛의 덩어리가 입에서 흘러나와 고이기 시작했다.

〈다음 권에 계속〉

어울림 BOOKS 신인 작가 대모집!

어울림 출판사는 무한한 상상력과 뜨거운 열정을 가진 작가 여러분을 기다리고 있습니다.

창작에 대한 열의가 위대한 작품으로 꽃피울 수 있도록 저희 어울림 출판사가 여러분의 힘이 돼 드리겠습니다.

지금 도전하십시오!

모집 분야 : 판타지, 역사, 무협, 로맨스 등

모집 대상 : 아마추어, 인터넷 작가등 열정을 가진 모든 작가

모집 기한 : 수시 모집

작품 접수 방법 : 당사 네이버 카페 또는 이메일을 이용해 주십시오.

파일 형식은 제한이 없으나 원활한 원고 검토를 위해 '.HWP' 형식으로 보내주시고, 파일에 연락처도 함께 기재해주시면 됩니다.

채택된 작품은 정식 계약을 통해 출판물로 간행됩니다.
간행된 출판물은 당사의 유통망을 이용하여 전국 서점으로 배포됩니다.
※ 문의 사항은 **네이버 카페(http://cafe.naver.com/oulim0120)**를 이용하시기 바랍니다.

경기도 고양시 일산동구 장항동 43-55 성우사카르타워 801호
어울림 출판사 신인 작가 담당자 앞
전화 031) 919-0122 / **E-mail** 5ullim@daum.net

ULIM ORIENTAL FANTASY

"췌장암 말기입니다……."

부모에게 버려지고 평생 학대와 폭력을 당한
밑바닥 인생의 끝판 왕, 차혁.
모든 것을 포기한 채 극단적 선택을 하는데…

"나는 신장(神將) 월하랑(月下浪)이라고 한다."

월하랑의 빙의로 고수가 된 차혁은
요괴가 날뛰는 살벌한 무림으로 간다!

"그러니까 하겠다는 거야. 그녀를 지키고 싶으니까."

소중한 사람들을 위해 요괴를 토벌하라!!

정대영 무협 장편소설

남궁세가
데릴사위

얼울림

"저를… 저를 두고 가지 마세요!"
한순간의 잘못된 선택으로 투신의 제자가 되어버렸다.

"마교의 교주가 될 사람은 당신뿐입니다!"
얼떨결에 마교의 교주가 되었다.

"저자가 새로운 마교의 교주입니다!"
이제는 중원의 패자! 무림맹의 적이 되었으니!

"아… 귀찮아!"

흘러가는 구름처럼, 불어오는 바람처럼.
한가로이 살아가는 것이 꿈인 투신의 유일한 계승자.
태무선의 파란만장 중원 유랑기!

새벽검 무협 장편소설

투신전기
鬪神傳記

어울림

ULIM ORIENTAL FANTASY

"어디, 내친 김에 중원이라는 걸 제패해 봐?"

강호에서 흉악 범죄를 저지른 고수들을 가둬 놓는 특수 감옥,
천뇌옥(天牢獄).
천뇌옥에서 일하는 기이한 젊은이, 진운.

"저와 거래를 하시죠."

수감된 마두(魔頭)들의 무공과 세력을 흡수하며
차츰 강호의 실력자로 자라나니.
이제 진운 앞에는 복수의 길과 혈전이 기다린다.

부처와 마왕의 두 얼굴을 가진 감옥의 지배자, 진운.
그의 싸움은 이제부터다!

獄中之王
옥중지왕

혁 작가 무협 장편소설